二見文庫

夜間飛行

蒼井凜花

目次

質だ。

（いや……変に思われちゃうわ）

目が合うと、美緒は何事もなかったかのようにニッコリと微笑んだ。再び朝刊に目を落とす男性にほっと胸を撫でおろす。

（よかった……ばれなかったみたい）

だが、これではフライトどころではない。振動音の根源が自分の大切な部分から発せられているのかと思うと、恥ずかしさと動揺で居ても立ってもいられない。

（どうしたらいいの……？）

額にいやな汗が滲んできた。

ローターは、いわゆる女性の「Vライン」と呼ばれるアンダーヘアに沿って、斜めに収まっている。少しでも音が漏れないようにと、じっとりと湿った手のひらで、必死にローターを押さえ込みながら、内腿の間に食い込ませていく。

だが、そのことが逆に美緒を窮地に追い込んだ。ローターの先端が、ワレメのすぐ上の敏感な部分に触れたのだ。

（あぁ！　イ、イヤ……アァァ）

何という威力だろう。強力な振動がクリトリスに伝わってくる。

ダメ、こんな場所でダメ……と躰をよじると、意に反して、熱を持った膣肉が徐々にヒクつきを見せ始めた。

「うう……」

声を上げてはダメ。表情も崩しちゃいけない……。何度もそう自分に言い聞かせつつも、無意識に尻がぷるぷると揺れていた。爪先を立てながら、暴れるローターを決して気づかせまいと、ギュッと太腿をよじり合わせる。

(アアア……助けて……)

クリトリスに響いてくる痺れるような快感は防ぎようもなく、心持ち、パンティの内側も蒸れてきたみたいだ。

不謹慎にも、以前付き合っていた彼とのセックスを思い出してしまう。彼の舌が花びらの周りを這ってくると、美緒は待ちきれずに躰をよじり、ここも舐めてほしいのと、無言のうちに秘部を押しつけて甘えたあの頃を。

(なぜこんな時に思い出してしまうの……?)

彼に舐め吸われたあの感触を思い出すと、忘れていた快感がよみがえってくる。とろりとしたものがパンティの内側に落ちてきた。

(ダメよ。こんな時に……)

ローターをあとほんの少し中心にずらせば、間違いなくクリトリスに当たってしまうはずだ。

（あん、欲しいわ……我慢できない）

もどかしげに腰を動かすたびに、ローターがじわじわと女肉に食い込んでくる。

（いけないわ。でも、少しだけなら……）

我慢できず少しだけ腰を浮かせた。ワレメの真上にローターを強く押しつけると、

「ウッ……ハァ……」

必死にこらえていた喘ぎが口を突いてこぼれた。

（あっ、いや……！）

前を見ると、またもや男性が怪訝そうに眉をひそめている。

懸命にスマイルを返すが、もしかしたら気づかれてしまったかもしれない。

しかし、下腹の渇きは止められなかった。

（あと少しだけ……ほんの少しだけなら）

ついに美緒は、ローターをクリトリスに押し当ててしまった。

（ウウッ！　何なの、これ！　ああッ……ウウッ……）

ヴィーンと響く振動が、敏感なクリトリスを直撃する。この感電したような刺激は、

かつて味わったことのないほどの快美感にあふれていた。いきなり凄まじい熱風を吹きつけられたようにも、逆にキンキンに冷えた氷を押し当てられたようにも感じる強烈な感覚だった。

行き場のない昂ぶりが荒波のように押し寄せ、思考力を狂わせた。

（あぁッ、スゴい！　ウウゥッ……）

太腿と尻の震えが激しさを増してきた。あまりの気持ち良さに耐えきれず、紺のローヒールの爪先までぴーんと伸ばしてしまう。

ローターは、潤みきった粘膜を容赦なくじんじんと攻撃する。

（あぁっ！　アンッ……ハァ……）

額から冷たい汗が流れてきた。

（このままだと、イッちゃう……）

限界寸前まで追い詰められた躰が痙攣し始める。瞳の焦点さえも定まらなくなってきた。

（ダメよ、美緒。絶対ダメ……イッちゃ、ダメよ……ンンッ……ああ）

もうだめだと思ったその瞬間、ローターの振動が停止した。

（えっ……？）

そのとたん、申し合わせたように、シートベルトサインも「ポーン」という音とともに消えたのだ。

絶頂寸前まで昇り詰めていた美緒は、ハッと我に返る。

（ああ……私ったら……）

羞恥と虚しさの入り交じった複雑な気持ちでシートベルトを外し、ふらふらとギャレーに向かう。ギャレー台につかまりながら、乱れた呼吸と感情を必死に整えていると、太腿に生温かなものを感じた。

スカートの裾をわずかにまくってみると、紺のストッキングに淫らな蜜跡がはっきりと残っている。

（私、こんなに感じて……）

流れた蜜を指で撫で取ると、粘り気を含んだ愛液が美緒の細い指先を光らせた。

「美緒さん、どうしたの？」

不意に、パーサー席から里沙子が訊いてくる。

「な、何でもありません」

平静をよそおいながら、そのぬめりを隠すようにギュッとこぶしを握り締める。ふと、鏡の中の自分と目が合った。

まだ昂ぶりが残る表情を眺めると、そこには、あさましいほど艶やかで戸惑いに満ちた女の顔があった。

☆1【フライト予定】国内線の勤務は「三日間フライト→二日間休み→三日間フライト→一日間休み」の九日間サイクル。日帰りから二泊三日まで実に様々。行き先も、常に同じ場所へ乗務するわけではなく、時間帯、機種、安全面、クルーの健康面などを考慮し、効率的なスケジュールが組まれる。今回の美緒のフライトは、〈一日目〉羽田→千歳→羽田→福岡　福岡泊〈二日目〉福岡→羽田→福岡　福岡泊〈三日目〉福岡→羽田→広島→羽田——というスケジュール。
☆2【OJT】On-The-Job trainingの略。実地訓練。フライト中は、常にインストラクターの先輩がついてくれます。
☆3【ショウアップ】フライト前の集合時間。通常は離陸の一時間前。
☆4【クルーバス】CA・パイロットたちが乗るシップまでの送迎バス。シップまで離れている時に使用します。
☆5【シップ】飛行機の意味。「飛行機」という単語は、クルー間ではほとんど使用されません。
☆6【プリフライトチェック】フライト前のチェック。搭載品・非常用設備・清掃・アナウンスの音声・テレビモニターなどを確認します。

第二章　盗撮の部屋

1

「RRRR……」

聞き慣れない電話音で起こされ、美緒は自分が制服のままベッドに横たわっていることに気づいた。

(ああ……ホテルに着いてそのまま寝ちゃったんだわ)

重い躰を起こしてベッド脇にある電話を取ると、遠慮がちな声が聞こえてきた。

「美緒さん……私よ。もしかしてお休み中だったかしら?」

「り、里沙子先輩!」

美緒は慌てて飛び起き、これまでの記憶をたどる。

偶然知ったキャプテンと里沙子との関係。里沙子の痴態と、あのような状況にも関わらず、ローターで感じてしまった自分。

それ以降のことはよく覚えていない。動揺しながらも、何とか千歳を往復し、三回目のフライトで九州へと入った。

いつの間にか疲労が重なっていたらしい。昼過ぎにステイ先の福岡に到着後、ホテルに入るなりベッドに倒れ込んでしまったのだ。

頭がまだ重い。

「……美緒さん、聞いてる？」

「あっ、申し訳ありません」

「キャプテンが私たちをお呼びなの」

「えっ、キャプテンがですか？」

ベッドに備えつけの時計は、十八時半を表示している。

「お食事は、ホテルのルームサービスを頼んでくれるらしいわ。お願い……一緒に来てほしいの」

いくら里沙子の頼みでも、あのようなショッキングな場面を目の当たりにした今、とても二人のいる空間に、乗り込んでいく気にはならない。

「……すみません、せっかくですが私は……」

「美緒さんが来てくれないと、私が怒られてしまうの……。キャプテンの命令には絶対服従という規則は、あなたも当然知っているでしょう？　それはステイ先でも同じよ。お願い、パーサーである私の顔を立ててほしいの。どうかお願いよ」

里沙子の切羽詰まった様子は、受話器越しにも十分に伝わってくる。

「……どうしてもダメ？」

すがるような声に、美緒の気持ちは大きく揺れた。きっと何か理由があるはず。あんな目に遭っても、里沙子が憧れの先輩であることには変わりはない、と不安な気持ちを掻き消すように自分に言い聞かす。

「……わかりました。じゃあ、少しだけ」

「本当に？　ありがとう。恩に着るわ」

電話の向こうで里沙子の安堵した声が響く。

一時間後にエレベーターホールで落ち合う約束をして受話器を置いたとたん、美緒はふーっとため息をついた。

憂鬱な気分のままバスルームへと向かう。熱いシャワーを浴びたかった。

脱いだ制服に軽くブラシをかけ、クローゼットにかける。シルクのスカーフも皺に

ならないように、きちんと伸ばしてハンガーにかけた。

バスルームはコンパクトなユニットバスだ。ランジェリー姿になった美緒が鏡に映る。自分でも沈んだ表情をしているのが分かる。

(いやだわ……)

水色のパンティをおろすと、内側には恥ずかしいシミがあった。偶然とは言え、ローターの刺激であんなにも興奮してしまった現実がのしかかってくる。

混乱する中、裸になった美緒は、鏡の前で全身をしげしげと眺めた。

Dカップの胸と張りのあるヒップが眩しい。思わず胸を揉んでみると、弾力ある肌が淡いピンクのネイルで彩られた指を心地よく押し返してくる。

(ああ、あの時の里沙子先輩の気持ちよさそうな表情……)

躰は正直だ。もうすでに乳首が勃《た》っている。人差し指で先端をくるくるとあやすと、膣がきゅっと締まるのを感じた。

ふっくらとした恥丘を覆う柔らかなアンダーヘアは、ワレメが見えそうなほど薄めだ。指先が無意識に花びらをなぞり、クリトリスを自分好みの強さで弾いてみる。

あの体験が、どこか自分を変えた気がする。甘やかな痛みとともに、軽い電流が下半身を駆け抜けた。

(ダメ、すぐに支度を始めないと)

美緒は自分を戒めるように、頭から熱いシャワーを浴びた。

「お待たせしてごめんなさい」

エレベーターホールで待っていると、ラベンダーカラーのワンピースに着替えた里沙子が少し遅れてやって来た。いつもはまとめている髪をおろし、ストレートのロングヘアが歩くたびにサラサラと揺れている。

(里沙子先輩、やっぱり素敵……)

躰にぴったりとした薄手のワンピースは、制服の時よりも里沙子をずっとグラマラスに見せていた。華奢なウエストから続くなだらかな曲線を描いて、わずかに見える胸の谷間が、同性の自分から見てもたまらなくセクシーだ。ビーズをあしらったシルバーのサンダルが、スカートから伸びた長い脚をさらに際立たせている。

一方の美緒は、白いコットンのシャツにグレーのミニスカート姿。しかも、靴は制靴のままだ。里沙子と比べるとあまりにも垢抜けない。

「さあ、行きましょうか」

気後れする美緒をよそに、里沙子がさり気なく美緒の腕に両手を絡めてきた。

(あ……先輩の胸の膨らみが……)

腕に触れた弾む乳房にドキドキしながら、美緒は堂本の部屋に向かった。

里沙子がチャイムを押すと、白いバスローブをまとった堂本がドアを開けた。

リラックスした姿でも、眼鏡の奥の鋭い眼差しは変わらない。刃のように研ぎ澄まされた雰囲気は、美緒の緊張をいっそう高めてくる。

「失礼致します」

二人は恭《うやうや》しくお辞儀をした。

中を見渡すと、さすがキャプテンだけあって、広々とした豪華な部屋が取ってある。淡く絞った照明に加え、柔らかな光を放つガレ風の間接照明が、壁やサイドテーブルなど至るところにしつらえられ、落ち着きと高級感のある空間を作り出している。

奥にはゆったりとしたソファーとガラスのテーブル。ダイニングテーブルやライティングデスクまで完備され、背の高い観葉植物をパーティション代わりにした左側には大きなベッドが見える。

「よく来たね。まあかけなさい」

堂本は笑みを浮かべて、二人をソファーに促した。

ソファーに腰を沈めると、手慣れた様子でシャンパンを注ぎ始める。細長いフルー

ト型グラスの中で立ち昇るきめ細かな気泡が、今の不安な気持ちを表すようにゆらゆらと昇っては消える。

「さあ、とりあえず乾杯しよう」

「乾杯！」

繊細なグラスの小気味よい音が響いた。

美緒はあまり酒が強い方ではないが、二人にならって半分ほど呑み干した。ほどよい酸味と炭酸が喉に心地よい。

「ヴーヴクリコ、ラ・グランダムだ」

と堂本が教えてくれる。

ルームサービスのローストビーフ、魚介とハーブのサラダ、ワタリガニのパスタでお腹が満たされた頃には、すっかり緊張もほぐれていた。

「おや、美緒くん、口紅がはみ出しているぞ。そんなに急いで食べなくても大丈夫だ。ははは」

「あっ、すみません。あまりにも美味しいのでつい……」

美緒は慌てて口許を両手で覆った。

「バスルームで直してくるといい。急がなくていいぞ。ゆっくりとな」

堂本は、入り口に近いドアを顎先で指した。

「は、はい……お借り致します」

ドアを開けると、大理石の浴槽とガラス張りのシャワースペース、トイレに分かれた立派なバスルームがある。「さすがキャプテン……」と思いながら、大きな鏡に身を乗り出して、美緒は丹念に化粧をチェックした。

(そんなに崩れているかしら……?)

はみ出していると言っても、多少グロスが落ちている程度だ。

念のためリップを塗り直し、グロスで艶やかに仕上げ、汗ばんだ鼻先をパウダーで押さえる。頬や首筋がうっすらとピンクに色づいて、心持ち目が潤んでいる。アルコールが回っている証拠だ。

堂本の「ゆっくりとな」という言葉をどこか不自然に感じながらも、食事も終えたのだし、あとは早々に退散しよう、とほろ酔いの頭で呑気に考えていた。

(よし、大丈夫だわ)

バスルームの扉を開けた瞬間、妙な空気が美緒の心をざわつかせた。艶めかしい声がとぎれとぎれに聞こえてくる。

真っ先に目に入ったのは、ソファーの上で天井高く突き上げられた、里沙子の美し

い脚線だった。

堂本が里沙子のすらりと伸びた脚を両肩に担ぎ、バスローブをはだけさせながら覆いかぶさっている。ワンピースが腰までまくれあがり、剝き出しの白い尻が露出していた。あらわな下半身に肉棒が打ち込まれるたびに、尻の柔肌がキュッとエクボのようにへこみ、華奢な躰が躍るように跳ね上がる。

「あッ、あんッ……」

「里沙子はいやらしい子だ……今朝からずっとノーパンだったのか？」

「は、はい……キャプテンのご命令で……ず、ずっと……アアッ」

「よし、いい子だ。これを味わえ。ほらっ！」

「ウウッ！　あっ……ダメ、お願い……ハァ……」

(信じられない。私がいるのに)

目を逸らそうにも無理だった。美緒はその光景に釘づけになっていた。

どうしよう、このままこっそり帰ろうかと思っていた矢先、持っていた化粧ポーチをうっかり落として、二人が同時にこちらを向いた。

「い、いや……美緒さん、ああ」

「なんだ、もう出てきたのか」

堂本が、里沙子の尻を「フンッ」と引き寄せながら言う。

里沙子は押し殺すような喘ぎを漏らしながら、恥ずかしそうに目を背けている。その表情は「見ないで」と訴えかけていた。

「わ、私、帰ります！　失礼致しました」

美緒はポーチを拾い、足早に立ち去ろうとした。

「待て、ここに座って見てなさい」

落ち着き払った堂本は、向かい側のソファーを指差している。

「今朝も見ていたんだろう？　フフ、知っているぞ」

美緒は頬が赤くなるのを感じた。

「とにかく、向かいのソファーに座りなさい」

物静かだが威圧的な堂本の一言で、美緒はソファーに腰をおろした。いついかなる時もキャプテンの命令は絶対的なものだったが、自尊心の高い堂本キャプテンのことだ、もし歯向かうことなどしたら、会社に提出するフライト後の報告書に何を書かれるか分かったものではない。「職務怠慢」だの、「精神が不安定な状態の可能性あり」など、あることないこと書かれて、乗務停止を命じられるかもしれない。実際、堂本機長と相性の悪いベテランＣＡが、ねつ造された報告書によって、無期限でデスクワ

ークに回されたという噂もあった。

いや、それ以上に、里沙子の、あのすがるような受話器越しの声がよみがえったということもある。里沙子を置いて一人だけ帰ることは、やはり憚《はばか》られた。

「ほら、里沙子、美緒にちゃんと見せるんだ」

堂本が深々と嵌め込んだ屹立をいったん抜くと、淫蜜で濡れたペニスが猛々しく姿を現した。そして、里沙子を抱きかかえ、美緒に背中を向ける形でまたがせた。

「いやァ……ァ……キャプテン、許して」

「だめだ、このまま嵌めなさい。繋《つな》がってるところをしっかり見てもらうんだ」

「ああ……できないわ、許して」

いやいやと首を振る里沙子。だが、ぴしゃりと尻を叩かれると、命令されるまま後ろ手を添えた肉棒を、ぷっくりと膨らんだ肉の花びらの間に沈め込んでいく。

「アァ……っ……ウゥ……ン」

「もっと腰を振って、しっかり見せなさい」

堂本に叱咤《しった》されて、里沙子は自らスカートの裾をまくりあげて尻を晒し、屹立を咥え込んだ女壺を露出させた。鼻にかかった喘ぎを漏らしながら、ゆっくりと腰を上げて、ぬめった肉棒をわざと美緒に見せつける。そして、また肉の粘膜へと沈めていく。

「いつもみたいに、もっと尻を振れ」

腰を落とす時、これ見よがしに尻が大きく揺すられる。

（里沙子先輩、いや！）

いくら命じられているとは言え、敬愛する里沙子が自分から腰を振る姿は見たくなかった。

思わず、顔を伏せると、

「何をしている。ちゃんと見るんだ。これは命令だ」

堂本には逆らえなかった。

おずおずと視線を上げると、いやでも接合部分が目に入る。男根を食い締める肉ビラは、食虫植物のように妖しい粘液を滴らせ、淫らに濡れ光っていた。

キュッと閉じた美緒の太腿が、なぜかぷるぷると震えてくる。

「自分がどれほどいやらしい顔をしているか、後輩に見せてやりなさい」

堂本の命令に、背中を震わせていた里沙子が、ゆっくりとこちらを向く。

「ああン……美緒さん」

その潤んだ視線は、快感とも羞恥とも、悲しみに沈んでいるとも受け取れる。だが、里沙子はなおも腰を振り続けることを止めなかった。堂本の屹立を貪りながら、美緒

からも目を離そうとしない。

（ああ……先輩……）

美緒も同じだった。里沙子の悲哀を滲ませた表情と、肉茎がゆっくりと抜き挿しされていくさまを、とり憑《つ》かれたように交互に目で追ってしまう。

（先輩があんなに気持ち良さそうに……あんなに奥まで……ああ、ダメよ……）

躰の奥から生温かなとろみがぬるりと落ちるのが分かった。

「ハァ……美、美緒さん……恥ずかしい里沙子を……許して」

美緒を見つめたまま貫かれる里沙子の蜜壺からは、グジュッグジュッというはしたない音が聞こえていた。出し入れされる肉棒は赤黒い血管がありありと浮き出て、怖いほどだ。

「里沙子、すごいな。今日は大洪水だぞ。後輩に見られるのがそんなに嬉しいのか？」

「あぁ……違います……アァゥっ」

「すでに二回もイッたのは、誰だ？」

「ああ……いや、言わないでください……」

「美緒、お前も同じだ。本当はやられたくてたまらないんだろう？」

いきなり言われて、美緒はうろたえた。

「えっ……」

「とぼけてもダメだ。さっきからもぞもぞさせている尻に気づかないとでも思ってるのか。しかも、その手は何だ？」

堂本が見透かしたように笑う。

美緒の右手は、いつの間にか下半身へとすべり、スカートの上からギュッと恥丘を押さえつけていた。知らず知らずのうちに欲情していた自分にショックを受けながら、恥じ入るように視線を落とす。

「お前は里沙子をかなり慕っているらしいな。ちょうどいい。女を教えてもらえ。里沙子を見て、そんなに興奮しているんだ。いやとは言わせないぞ」

堂本はくびれた腰をつかみ、弾みをつけながら結合を解いた。

「ああん」とわずかに未練を含んだため息とともに、ソファーに投げ出された里沙子の女淫からは、粘り気のある愛液が滴り落ちている。

「俺は向こうで休んでいる。わかったな、里沙子、しっかり抱いてやるんだぞ」

堂本はそう言うと、バスローブの腰紐を結びながらダイニングテーブルに向かって歩き出した。ソファーに身を横たえていた里沙子は、

「はい……」

と、か細く答えて、美緒を熱のこもった目で見た。

2

里沙子はめくれたスカートを整えながら美緒に歩み寄ってきた。腕をつかみ、左奥のベッドへと誘導する。

「……行きましょう」

「先輩……いやです」

「ごめんなさい、命令に従って。キャプテンに逆らわないでほしいの」

「なぜですか？　なぜそんなことまで……」

「私のこと、軽蔑した……？」

美緒は戸惑いを隠せずに、うつむいたままだ。

里沙子はひざまずいて、そっと美緒の両手を握った。

「お願い……いずれ何もかも話すわ。だから今は言う通りにして……お願いよ」

やはり、よほど深い事情があるのだろう。しかし、それだけならば、なぜあんなに感じているのだろうか。分からない。里沙子が理解できない。

「美緒さん……」

里沙子は、顔いっぱいに不安を滲ませて見上げてくる。その神々しいまでに潤んだ瞳からは、今にも涙があふれでそうだ。

その瞳からひとすじの涙がこぼれ落ちた瞬間、美緒は魅了されたように動けなくなった。

（ああ……里沙子先輩）

先ほどまでの痴態は、本当に同じ里沙子なのだろうか。愁いを含んだ眼差しでじっと見つめられてしまうと、自分はこの人のようになりたいと思って今まで頑張ってきたのだ……ということを再認識させられる。

何とかして力になりたいという気持ちの振り子が大きく傾いた。

美緒は魔法にかかったように、手を引かれるままベッドへと歩き出した。

「そうよ……いい子ね」

「先輩……キャプテンが……」

ベッドに腰をおろすと、観葉植物の向こうで揺れる人影が見える。

「キャプテンなら気にしなくていいわ。彼はこんなこと、何とも思わないわよ」

フッと笑う里沙子の視線の先には、ダイニングで酒を楽しむ堂本の姿があった。バ

ーボンのロックに切り替えて、窓の向こう側の夜景を眺めている。

ほっとしたとたんに、里沙子の唇が重なってきた。

押しつけられた唇をとっさに離す美緒に、里沙子が甘く諭す。

「ダメよ、逃げないで」

再び唇を奪われる。今度は温かな舌が差し込まれた。

生まれて初めての女性とのキスに、美緒は思わず身震いした。

何という柔らかさだろう。男性のそれとは比べものにならない。差し込まれた舌の幅も厚みもとても薄めだ。

美緒の口内を探るように、愛しむように、くねくねと絡みついてくる。

「震えているのね……ふふ、とても可愛いわ」

頬にかかったボブヘアを優しく掻き上げられ、フッと熱い吐息が耳をかすめる。アルコールが一気に回ってきたのだろうか、頭の中がふわふわしている。

思いがけない展開に、美緒はただ身を任せるしかなかった。

「あ……ン……先輩」

「大丈夫よ。私に任せて」

里沙子はボタンに手をかけ、手慣れた様子でブラウスを脱がせてくる。

「ああ、里沙子先輩……恥ずかしい……」

「……女の人とは初めて？」

美緒は、別人のような表情でうっすらと笑みを浮かべる里沙子の変わりように驚きながらも、ブラジャーに包まれた胸を小刻みに揺らしながら頷いた。

里沙子が耳たぶにキスを浴びせながら、背中に腕を回してくる。ホックが外されると、丸みを帯びた形よい乳房がぷるんと飛び出した。

「ああ、なんて綺麗なおっぱいなの……」

上側がなだらかな曲線を描き、下側はたわわに張り詰めた果実のように弾力に満ちている。サーモンピンクの乳輪の上には、ツンと上を向いた乳首がすでに硬く尖っていた。

里沙子が、人差し指でつつーと乳首をなぞってきた。

「ゥ……ン」

「感じているのね……もうこんなに硬くなってる……」

赤く濡れた舌が、チュッとピンク色の突起をとらえる。

びくんと躰が震えた。

その反応を楽しむように、里沙子はゆっくりと愛撫を続ける。下から持ち上げた双

乳をやわやわと揉みながら、ピンと勃った乳首を舌先で弾く。乳輪ごと口に含み、口内でくちゅっくちゅっと吸いしゃぶる。

美緒はそのたびに喘ぎ、大切な部分をヒクつかせた。

「乳首……弱いのね」

細やかな愛撫と、時折頬ずりされるその肌のなめらかさに、美緒は夢心地になる。

「横になって」

「えっ……？」

急に恥ずかしさを覚えて、美緒は両手で胸を隠していやいやと首を振った。抵抗を察したのか、観葉植物越しにいる堂本がカタンとグラスを置く。

「お願い……今は言うことを聞いて」

里沙子は憂いを滲ませながらも、なかば強引に美緒をベッドに横たえた。堂本を気遣ってのことなのだろうが、あまりの変貌ぶりにまだ抵抗の残る美緒だった。

「あ……先輩……」

だが、魔法にかかったように身動きできない美緒は、見る間にスカートもストッキングも脱がされてしまった。ぐっしょり濡れたパンティだけが唯一身を守り、その恥じらう姿を里沙子がねっとりと眺めてくる。

（ああ、そんなに見ないで……。キャプテンもいるのに……いや、いや）

そんな気持ちを知ってか知らずか、里沙子はふっくらと盛り上がった恥丘に顔を寄せ、パンティ越しの匂いを嗅ぎ出した。

「ふふ……美緒の恥ずかしい匂いがする」

これみよがしに里沙子が声を響かせた。

間違いなく堂本にも聞こえているだろう。羞恥で耳朶を赤く染めながら、美緒は太腿をぎゅっと閉じた。そんな姿を横目で見ながら、里沙子は微笑を崩さずに膨らみをさすってくる。

「ウ……ン……」

指の腹と指先を使った巧みな愛撫に、きつく合わせた太腿も、氷が溶けるように緩んでしまう。指先がしっとり濡れた秘花を探り当てると、美緒は「ウッ」とのけ反り、わずかに腰を突き上げていた。

「いっぱい濡れているわよ。嬉しいわ」

「ァ……ァン……」

最初こそ堂本の目を意識して抵抗していた美緒だが、気づいた時にはもう躰も気持ちも後戻りができないほど、情欲の火が点《とも》されていた。

「自分で脱いでごらんなさい。足を高く持ち上げて脱ぐのよ……」

「えっ……」

美緒は泣きそうになった。

当然だ。両足を高く上げると、大切な部分が丸見えになってしまう。しかも、室内には堂本もいるのだ。

「どうしたの？　早くなさい」

甘く優しい声が、もてあそぶようにけしかける。潤沢な泉を目にした里沙子は、美緒が決して断れないことを、すでに悟っているのだろうか。

「で、でも……キャプテンが……」

「さっきも言ったでしょう。キャプテンはこんなことには慣れっこよ。さあ、早く」

「ああ……」

屈辱的な表情のまま膝を立てた美緒は、腰を浮かしてパンティを太腿までおろした。

うっすらした翳《かげ》りが現れると、一瞬、里沙子が目を細める。

だが、どうしてもそこで手が止まってしまう。

「どうしたの？　早く足を上げて」

「……やっぱり、できません」

「私を助けると思って、お願い」

「ウ……」と唇を噛みながら震える息を漏らした美緒は、立てていた両足を高々と持ち上げた。これは先輩を助けるためよ、と何度も自分に言い聞かせながら。

愛液まみれのパンティが、太腿から膝、そして足首へとすべっていく。

先輩の粘りつく視線が下半身を犯してくる。パンティを爪先から引き抜こうと脚を真っすぐに伸ばした瞬間、里沙子の両腕が足首をとらえ、力いっぱい押さえつけられた。

「アッ!」

尻と女性器が丸見えの状態で、躰を二つ折りにされる。

「先輩! やめてください!」

必死にもがくが、里沙子の全体重で圧された躰はビクともしない。

「美緒、いい眺めよ」

「アアッ、お願いします! やめて!」

恥ずかしい格好を取らされているのに、なぜか蜜があふれてくる。秘唇がヒクつき、脚の間から見える里沙子の微笑に自分でも分からぬまま欲情してしまう。

「ヘア、薄いのね……可愛いビラビラまではっきり見えているわ」

里沙子はさらに顔を近づける。

「ふふ、綺麗なピンク色……」

熱い息がかかると、美緒の花びらがさらに潤いを増す。

「あら……さっきよりもきつい匂いがするわよ」

「い、いやァ……」

懸命に躰をよじるが全く動けない。花園からは、自分でも分かるほど甘酸っぱい匂いが放たれていた。

「ああ……すごく濡れているわよ……悪い子ね」

「お、お願い……もう許して」

「フフ、可愛いオマンコに唾を垂らしてあげるわ」

美しい口許から唾液の糸が落ちてくる。

「ァァ……アン……ア……」

秘唇に生暖かいものを感じながら、見られている羞恥と粘膜を濡らされる得も言えぬ感触に、さらなる蜜が湧きでてきた。

里沙子の指先が濡れ溝をすうっとなぞる。

「ウゥ……ッ」

美緒の躰が跳ねた。拘束するものが和らいだ今、弾みをつければ起き上がれるはず

だ。だが、美緒はもう抵抗する気持ちなど、持ち合わせていなかった。

爪先からパンティを抜き取られ、布の内側をじっくりと見られてしまう。

「これは何なの？」

わずかに優越感を滲ませた気品に富んだ笑みで、べっとりついた潤みを目前に押しつけられる。

「ああ……い、いや……」

「こんなに恥ずかしいシミをつけて」

「アァ……見ないでください」

「フライト中から、ずっと濡らしていたんでしょう？」

里沙子はそう微笑んでパンティを置くと、再び指先で濡れ溝をこじ開けた。

「ウッ……アアァ……ン」

浅瀬を掻き回されると、蜜壺からはネチャネチャと卑猥な水音が響く。

秘部の隅々まで唾液と愛液を伸ばした指先は、やがてヌプッと奥へと浸入してきた。

「アァっ！　あッ……あんッ！」

「ここはどう？　気持ちいい？」

指の腹でグリグリと膣粘膜がこすられる。

里沙子はうっすらと微笑を浮かべ、震える吐息をこぼしている。抑えきれずにいる里沙子の昂りが、吐息や体温を通して、美緒にも伝わってくるようだ。

「ああ……なんて可愛い表情で悶えるの……たまらないわ」

瞳を輝かせながら、うっとりと目を細める。

先輩はいつからこんな人に……？　と思う間もなく、甘い声とサディスティックな指使いが、美緒をどこまでも追い詰めてくる。中指だけだったものが、やがて薬指も加わり、膣上部のＧスポットを執拗に責めてきた。

「ウッ……先輩……」

「我慢できない？　でもダメよ。たっぷり味見させて」

里沙子は抜いた指を口に含み、美緒を眺めながらゆっくりと唇をすべらせた。チュパッチュパッと味わう姿を、まるで恥じる美緒に存分に見せつけるように。

そして、両方の親指を美緒の肉ヒダに添え、優しく左右に広げた。

「中も鮮やかなピンク色ね……可愛いクリトリスまで丸出しよ」

「ァ……ァァァ……ン、恥ずかしい」

里沙子の細い舌が、濡れ溝に添ってチロチロと這ってくる。

「アンッ！　んッ……あぁッ……アン」

「美味しいわ……美緒のここ」

太腿の隙間から覗き込むように笑みを見せた里沙子は、陶酔したようにかすれ声になり、さらに奥へと細い舌を蠢かせてくる。

「アンッ……イヤ……」

「美緒がいけないのよ。こんなにヌルヌルを見せつけて」

わずかに息を弾ませた里沙子の舌が、ピンと勃ったひと粒の真珠を舐め弾いた。

「ううぅッ‼」

一瞬、躰に電流が走る。

「美緒はクリトリスが感じるのね。いいわ……イカせてあげる……脚を伸ばして」

わずかに声を強めた里沙子は、美緒が脚を伸ばすと同時にクリトリスに吸いついてくる。

「あぁぁンッ！」

両手で花びらを広げられ、剝き出しのクリトリスを何度も何度も吸いしゃぶられる。

頭が上下するたびに、里沙子の鼻からクフンクフンと甘え声が漏れている。

「アァ……ダ、メ……」

アソコが熱い。躰が痙攣し始めた。無意識にぴんと伸びた脚が、ぷるぷると震えて

いる。太腿の間に埋まっている頭を、ギュッと締めつけそうになってしまう。

(そう……ソコなの。ソコが感じるの……。もっと吸って。もっと強く。取れちゃいそうなほど強く吸って……)

躰の奥底から熱いうねりが湧き上がってきた。ああ、もっと。もっと。

「ウッ……も、もうイキそうです……アアンッ」

とどめを刺すように吸い上げられた時、美緒は大きくのけ反っていた。

「ンアアア……アアァァ……ッ!!」

絶頂の瞬間、美緒の女芯から花火が上がった。打ち上げられた炎は渦を巻きながら全身を駆け巡る。ビクンビクンと痺れる快感が、やがて緩やかな火の粉となって方々に飛び散っていく。

ストロークを続けていた里沙子は、美緒がイッたと分かるとすぐに動きを止め、長くそして強くクリトリスを吸引してきた。

チューッと吸われるその瞬間が、またたまらないほど気持ちいい。

「う……ん……」

全てが終わった時、美緒は自分の恥丘に覆いかぶさって荒い息遣いを繰り返す里沙子の頭を優しく撫でていた。

どんな理由があろうとも、里沙子が大切な存在であることには変わりがない。やむを得ない事情があるのだろう、むしろ助けてあげなくては……と。

その気持ちが伝わったのか、里沙子が満足そうに微笑み返す。

「美緒……嬉しいわ」

美緒の頬に絹のような髪が触れ、二人の唇が重なった瞬間、観葉植物の隙間から何かが光った。

3

「最高のショットが撮れたぞ」

濃いグリーンの陰から、バスローブ姿の堂本がカメラを向けて立っている。その冷酷な笑みを見つめたまま、放たれた光がカメラのフラッシュだと分かるや、美緒は凍りついた。

「やめて……返して……イヤァ……ッ!!」

横に置かれたブラウスで肌を隠しながら、ほとんど条件反射でベッドを降りて、堂本に飛びついていた。

「お願いします。キャプテン、返して」

「おっと、危ない」

背の高い観葉植物の鉢が倒れそうになるのを、かろうじて押さえた堂本は、美緒の反抗的な態度に苛立ったのか、細腕をひねりあげた。

「痛いッ……やめて」

「里沙子、このカメラを持ってしばらく向こうに行っていろ」

差し出されたカメラを受け取ると、里沙子は「美緒、ごめんなさい……」と悲嘆に暮れた表情で、姿を消した。

「さあ、来るんだ！」

堂本が美緒の腕をねじりあげたまま、まだ温もりの残るベッドへと投げ出した。

「いいか、お前はいずれオークションにかけられる」

「えっ、オ、オークション……？」

思いもよらない言葉に頭が真っ白になり、美緒の混乱はますます深まった。

「なんだ、里沙子から聞いていないのか？　まあいい、今からじっくりと性能をみてやる」

美緒の躰に馬乗りになった堂本は、必死にもがく美緒の両腕を押さえつけ、右へ左へと揺れる乳房にしゃぶりついた。

「いやアァ……ッ」

「いやがる割には乳首が勃ってるじゃないか」

痛いほどの吸引。交互に責められる敏感な乳首が、さらに硬くしこっていくのが分かる。十分すぎるほど里沙子に満たされた躰は、美緒自身が戸惑うくらいに妖しい疼きをみせていた。

「素直になった方がお前のためだ。さっき撮ったのは一枚だけじゃない。里沙子とのカラミも、お前の恥ずかしい場所も全部収めさせてもらったぞ」

「そんな……」

「写真をばらまかれたくなかったら、俺に従うんだ」

初めこそ抵抗していた美緒だが、堂本に組み伏せられたまま、観念したように力を抜いた。

「それでいい。従順な女は可愛がられるぞ」

そう言うなり、太い指が媚肉をこじ開けてくる。

「ンアア……ッ！」

「分泌液は大量放出だな。おお、中はとろとろじゃないか」

あざ笑うように体内で指が上下に躍る。

「ヒ、ヒイ……ウゥ……ッ」

「濡れ具合は合格だ」

堂本の指は、なおも動きを止めなかった。執拗に粘膜をこね回し、そのざらつきや肉襞、膣圧を確かめるように、女の器官をズズリと引っ掻き回してくる。

里沙子の、思いやるような優しい指づかいではない。傍若無人に暴れ回る執念深い蛇のような動きに、美緒は歯を食いしばって必死に耐えた。

「よし、触診は終わりだ。入れるぞ」

乱暴に指を抜くと、堂本は美緒の足首をつかみ、左右に大きく広げた。

猛々しくいきり勃つ鋼《はがね》のような肉棒は、堂本の人間性をそのまま表したように、意地悪そうに反り返っている。

濡れ溝を二、三度こすると、それが一気にねじ込まれた。

「ツアア……アア……ァ……ン!!」

「おお、根元までずっぽりブチ込めた。思ったより肉厚でなかなかいい締まり具合だぞ。肉襞がいやらしく絡みついてくる」

堂本は、根元まで埋め込んだ肉棒をさらに深々と押し込んで、腰の角度を変えながら、あらゆる肉襞の蠢きをじっくりと探っている。そして、ある程度の「調査」を終

えると、美緒の肉路を味わうように、一打一打を慎重に重ねてきた。

その計算し尽くしたような一撃は、決して女同士ではたどり着くことのできない奥深くの媚肉に、底なしの快感をもたらしてくる。

「アァ……キャプテン……ダメです」

「ダメなものか。キュウキュウ締めつけてくるぞ。こいつのお陰で、里沙子もいつもよがっているんだ」

里沙子の淫らな姿が鮮明に浮かび上がる。

（ああ、そうだ。これは先ほどまで先輩の体内で暴れていたものだ）

不思議な気持ちだった。里沙子とどこかで繋がっている感じがする。いや、そう思うことで、自分の悲惨な運命を少しでも救えると信じる気持ちがあるのかもしれない。

「ああ、先輩……里沙子先輩ッ!!」

「そうだ、もっと叫べ。腹に力を入れるたびに締まってくるぞ」

堂本は美緒の尻をグッと引き寄せる。

叩きつける堂本のストロークに応えるように、美緒の腰は知らぬ間に揺れていた。

「いいぞ。もっと尻を振れ。ほら、ほら」

「アァァ……ウゥッ……」

無理やり広げられた脚の付け根には、堂本の赤黒いペニスが顔を出しては、体内へと呑み込まれていく。それは、寸分の狂いもなく女の核心を突き、しかも、巧みな角度変化と緩急をつけてくる。無神経な堂本にしては、繊細なセックスだ。

女淫からは十分すぎるほどの蜜があふれだし、耳を塞ぎたくなるようなはしたない音が部屋中に響いていた。

ズリュッ、クチュッ、ズリュッッ……。

「里沙子、聞こえるか？　美緒の恥ずかしい音だ」

「い、いや……やめて……」

「里沙子にも聞こえているはずだ。そろそろ出すぞ」

堂本は姿勢を変えた。美緒の膝を抱え、覆いかぶさりながらストロークを速めてくる。

「アァッ……ソコ……」

先ほどとは異なる膣上部の激しい摩擦に、美緒の快感はじわじわと高まっていった。

「なるほど。美緒はここが弱いんだな」

「アァッ……やめて……」

堂本のペニスは、そのスリムな躰からは想像できぬほど、エネルギッシュに膣天井をこすってくる。身悶えをする美緒は、いつしかシーツをギュッと握り締めていた。

渾身の一打のたびにゾクゾクとした電流が背筋を駆け抜け、わななく肉襞が突き刺さる男根にいっせいに絡みつく。

あまりにも大きな快感の波だった。

「やめて……気がおかしくなる……アウッ……ンッアア……」

「おお、締まる、締まるぞ……なかなかいい具合だ」

「アァッ……アンッ……いやァ……」

堂本の肉棒が子宮口付近まで、グーンと突き迫った。

「アアアァッ!! ダメ……アアッ……」

「いいぞ、こいつは調教のしがいがある。大化けするかもしれん」

美緒はもうほとんど考えることもできないまま、打ち込まれるペニスの衝撃からもたらされる快感を、本能に任せて必死に受け止めていた。

「アアッ! 許して、許して……もう……ああ」

「よし。出すぞ。俺のザーメンをくれてやる」

「アアアァァァ……」

堂本の動きが速度を増した。肉の弾ける音が一際《ひときわ》大きく響き渡り、それに合わせてむせび泣く美緒の声が部屋中に反響した。

美緒が絶頂に達しそうになったまさにその瞬間、堂本の肉棒が呆気なく引き抜かれた。

「ウウッ……アァ」

勢いよく発射された男汁が、乳房めがけてまき散らされる。生温かな白濁液が美緒の肌を汚すように飛び散った。

堂本が最後の一滴まで残らず絞り出した頃には、力尽きた美緒は、もう目を開けていることさえ苦痛だった。頭が痛い。躰中が痛い。でも、もっと痛いのは心だ。

でも……こんなにも濡れ乱れてしまった自分がいる。いや。信じたくない。

(もしかしてこれは夢なの……?)

冷えた精子が膨らみから垂れ落ちた。

ああ、現実だと思った矢先、聞こえてきたのは、

「ふう、大事な商品を孕《はら》ませては大変だ。よし、お前は合格だ」

という、堂本の恐ろしい言葉だった。

限界まで打ちのめされた美緒は、起き上がることも考えを巡らすこともできなかった。堂本と里沙子の気配を背後に感じながら、ぐったりとベッドに横たわる。

今は何もかも忘れたい。あふれた涙がゆっくりと頬を伝い落ちた。

第三章　秘密組織

1

（こんなことになるなんて……）

鏡の中の自分を見つめながら、美緒は深いため息をついた。

フライト二日目。ここは、東京に戻る便の前方ラバトリー（化粧室）の中だ。サービスが一段落すると、化粧直しをするふりをして一目散に個室に駆け込んだ。

とにかく一人になりたかった。

憂鬱な表情でスカートをたくしあげると、紺色のストッキングに包まれたほどよい肉感ある太腿と、薄めのアンダーヘアがあらわになる。後ろを見おろせば、パンと張り詰めたヒップが剥き出しになる。

パンティを穿くことは許されなかった。

サスペンダーストッキングと呼ばれるこのパンティストッキングは、尻と局部だけが大きく開かれているデザインだ。堂本は里沙子との写真をネタに、この姿でフライトすることを強制してきた。

美緒にはとても拒む勇気はなかった。

写真のことはもちろんだが、まだ昨夜の衝撃的な出来事が、美緒の躰にしっかりと刻み込まれ、まともに考える力などほとんど無いのだ。

堂本の報告書ひとつで、呆気なく乗務停止にさせられたＣＡのうわさや、里沙子の身も心配だった。

(私、どうなってしまうのかしら……)

秘めやかな場所が乾いた空気に晒されるのを感じながら、美緒は昨夜の出来事を反芻する。

堂本の口から聞かされたのは、この会社の闇の特殊組織「白ユリ会」の存在だった。

選抜されたＣＡがオークションにかけられ、決して表沙汰にはならない裏ルートで、経済力や権力を持った客に落札されていくのだという。

そして、社には多大な利益がもたらされる。

「な、なぜそんな組織が……？」

最初はためらっていた堂本だが、美緒の問いかけに重い口を開いた。

「三十年前に、悲惨な航空機事故が起こったのは知っているな？」

「はい……確か何百名もの犠牲者が出た事故ですよね」

「そうだ、公には突然の天候悪化が一番の原因とされていたが、実際は整備ミスとの噂も流れている。定時に離陸させたいがために、油圧系統の問題を抱えたまま、それをキャリーオーバー（修理持ち越し）させてしまったらしい。天災か人災か、当時はかなり問題になったようだ」

美緒がまだ生まれる前の出来事だったが、何度かテレビで目にした凄惨な事故現場の画像は、背筋を凍りつかせた。安全性よりも定時性を優先してしまった可能性のある愚かな選択は、当然のように遺族やマスコミから非難轟々だった。

「その翌年から白ユリ会ができたんだ」

本来は、真実を暴こうとするマスコミ幹部、正義感の強い役人などを、選りすぐりのＣＡがその肉体によって鎮めるためにできた組織だった。

その噂はじわじわと浸透し、効果と影響力は絶大だった。整備ミスのうわさを消し

去っただけではなく、さらに新路線開通や外資系エアラインとの共同運航など、業務面でも確実な成果を上げたのだという。

最近も、客である国土交通省の幹部の一声で、ドル箱路線の増便を優先的に果たしたばかりだ。今では顧客も政界、財界、スポーツ界、企業の幹部など多岐にわたっている。

美緒にとってＣＡは憧れの職業だった。だからこそ、苦手な英語を寝る間も惜しんで勉強し、ようやく試験に合格したのだ。入社後も置いていかれないように、予習復習に励み、訓練が終わったあとも「モックアップ」と呼ばれる実物大のキャビン模型の中で、サービスやエマージェンシー（緊急事態）の自主トレを夜遅くまで重ねてきた。

なのに、まさかそんな組織が存在するとは。しかも、自分はその会に組み込まれようとしているようなのだ。

（脅されてメンバーにされた上、こんな姿でフライトさせられるなんて……なぜ、私が……？）

破廉恥なランジェリーに包まれたヒップを、恨めしげに撫で上げる。

（里沙子先輩も何か弱みを握られて、強制的に入れられたに違いないわ。でも……キ

ャプテンを見つめる時の先輩の色っぽい目は……ああ、頭が混乱しちゃう）

不安な気持ちのままギャレーに戻ると、里沙子が駆け寄ってきた。

「後方R側（右側）ラバトリーのお客様の様子がおかしいの。悪いけれど確認してきてくださる？」

「後方ですか？　は、はい。すぐに見て参ります」

キャビンを化粧室に向かって、早足に歩いて行くうちに、ふと疑問が湧いてきた。

（前方担当の私が、なぜわざわざ後方に行かなくちゃならないのかしら？）

腑に落ちないまま、指定のラバトリー前にたどり着く。閉まっていた扉に耳を当て、ノックしながら中の様子を窺った。

「お客様、大丈夫ですか？」

応答はないので、とりあえず中を確認しようと扉を右にスライドさせると、ドアは容易に開いた。

「お客様……？」

そこにはスーツ姿の男性が苦しそうに腹部を押さえ、便座の蓋《ふた》に座っていた。

ズボンを穿いたままの姿は、見るからに巨体、いや、メタボな体型だ。近寄るとムワッとした体臭が鼻をつく。

「大丈夫ですか？」

手を差し伸べたとたん、猛烈な力で引き寄せられ、あっという間に背後から羽交い締めにされてしまった。叫ぼうとしたところを、グローブのように大きく毛むくじゃらの手で、鼻と口を塞がれていた。

（い、いやッ！）

脂ぎった分厚い手から逃れようと、ありったけの力で躰を揺さぶる。必死に抵抗する耳元で、男の声が低く不気味に響いた。

「騒ぐな。暴れると絞め殺す」

恐怖にすくみあがる美緒は、声も出せない。

「鍵を閉めろ」

美緒は口を塞がれたまま、震える手を伸ばして内側からロックする。ロックと同時に個室内のライトが明るく点灯すると、男のごつい顔が右側の鏡に映し出された。

「七瀬美緒だな。間近で見るとさらにいい女じゃないか」

（ウッ……だ、誰……？　なぜ私を？）

鏡越しに見る巨漢は、ゆうに百キロは越えているだろう。たるんだ顎と太い首が襟元に埋もれた暑苦しい風貌だ。黒い毛が指にまで生え、全身から脂じみた強烈な匂い

を放っていた。

男は粘っこい視線を浴びせながら、強引に唇を押しつけてくる。

(ウウッ、なんてひどい匂い!)

口臭とタバコが入り交じった、苦みを含んだ悪臭に吐き気がした。次の瞬間、ナメクジのようにヌメヌメした舌が唾液とともに歯列をこじ開けてきた。

(やめて……)

抵抗すると、背後から回された手で今にも首を折られそうになる。分厚い舌はお構いなしに口腔を這い回り、歯茎や歯の裏側までネチャネチャとなぞってくる。

舌がちぎれそうになるほど吸引されると、全身が総毛立った。

大きな手で後頭部と腰を押さえられ、突き出た腹にぎゅっと押しつけられる。

美緒は、目を開けることも助けを呼ぶこともできずに、ただ、この恐怖と屈辱の時間が過ぎるのを待つしかなかった。

「口を開けろ……口を開けろと言ってるんだ!」

美緒はなすすべもなく、唾で汚された口をわずかに開いていた。

「もっと大きく!」

髪と顎をつかまれ、無理やり真上を向かされる。舌上に、生臭く苦い液体が流し込

まれた。

「ウウッ……」

それが、この野獣の唾液だと分かると、ショックで気が遠くなる。

「ちゃんと飲めよぉ」

泡だった液体がとめどなく送り込まれてくる。吐いてしまいそうになるのを懸命にこらえ、嚥下した。

(気持ち悪い……誰か、助けて……)

男の手が尻を撫で回し始めた。

美緒は自分が淫らなランジェリーを身につけていることを思い出して、ヒップを懸命に逃がした。だが、男はスカートの裾を強引にたくしあげてくる。剝き出しになった白桃のような尻をギュッとつかまれる。

「なんだぁ?」

「ウッ……やめて」

「おいおい、この格好でやめてはないだろう。大事なところが丸見えじゃないか」

男は大きな目を血走らせ、ヤニのついた黄色い歯を剝き出して、いやらしく笑った。醜悪な人間の笑みは、恐怖も不気味さも倍増する。

その時、何かが恥肉に触れた。

「あッ……！」

秘唇をとらえた指が、美緒の抵抗などお構いなしに、粘膜を撫でさすってきたのだ。

「ヒッ、お願い……」

「ケツ丸出しで、今さら何を言っているんだ」

濡れ溝を二三度すべらせてから、それはズブリと突き刺さってきた。

「クウ……ッ！」

「うるせえ！　騒ぐと引き裂くぞ！」

ねとついた唇と舌とが、再び口を塞いでくる。きつい口臭がいっそう濃くなり、膣内は容赦なく掻き回された。男の指は、もてあそぶように右に左に、そして奥へと、芋虫のように蠢いて、美緒の粘膜を蹂躙する。

「けっこう締まりがいいオマンコじゃねえか」

男の声が美緒を打ちのめした。

「もう……許して」

ドカッ！　と大きな音をたて、男が便座の蓋に腰をおろした。

いつの間にかベルトが外され、ブリーフがおろされている。そして、おぞましいほ

どに勃起した野太い肉茎を、毛むくじゃらの右手がギュッギュッとしごいているではないか。

（い、いや……）

美緒は顔を背けた。だが、醜悪な肉の棹が目に焼きついて離れない。

その時、男が思わぬことを言った。

「ローターでイキそうな表情もそそるが、怯える顔もなかなか可愛いじゃねえか」

（どうして知ってるの？……もしかして昨日のことは、この男が？）

愕然としていると、男が言った。

「堂本さんからの命令でね。俺がローターをラジコン操作してたのさ……ふふ、気持ちよさそうにしてたじゃないか。あんた、可愛い顔して案外好き者なんだろ。くくっ、愉しませてやるよ」

興奮で鼻孔が膨らみ、醜くニヤける口許。つかまれた右手が、ゆっくりと股間に引き寄せられる。

「やめてください！」

太肉を握らされた手の上から、粘つく男の手ががっちりと包み込み、上下にしごかされる。

美緒は思わず抗っていた。こんなおぞましい男にいたぶられたのだと思うと、屈辱感で全身が焼けるようだ。

「お前、ＣＡのくせして頭悪いな。まだ、自分の置かれた状況がわかってないな」

男はポケットから数枚の写真を取り出し、美緒の目前に乱暴に差し出した。

「女同士で、いやらしい奴らだな」

男のあざけりの声が胸に突き刺さった。

ラバトリーの黄色い照明の中で目にした写真……それは、昨夜堂本が撮影した、里沙子との恥ずかしい戯れの姿だった。美緒の顔は鮮明に写っていた。しかも、美緒の裸身や濡れた花園、そこへ里沙子の指が挿入されている様子まで、はっきりと写し出されている。

「イ、イヤァ……」

とっさに奪い取ろうとした左手が、空をかすめる。

「おっと、危ねえ。この写真をばらまかれたくなかったら、どうしたらいいかわかるな」

男は写真を素早くポケットにしまうと、さらに追い討ちをかけてくる。

「堂本さんは『動画も押さえてある』と言ってたぜ。最近はレズものも流行ってるか

らなぁ、しかもCA同士のレズとくれば、AV業者は喜んで買うだろうな。マニアがわんさと飛びついてきて、ヒット間違いなしだ」

美緒はショックが大きすぎて、茫然自失してしまった。

「世間が見たら、どう思うだろうな。がはは」

男の言葉が美緒を現実に連れ戻した。

もしそれが世に流されて大勢の人の目に触れたら……美緒を心から愛し支えてくれる家族に知れたら。

「どうした？　ほら、うまそうにしゃぶってみせろ」

考える間もなく、男は太い肉棒の根元をつかみ、ぶるんぶるんと振ってみせた。

（もしそうなったら、私は生きていけないわ……）

家族だけには悲しい思いをさせたくない。美緒は、諦めと恥辱に満ちた表情で、大きくカリの張った毒々しい肉茎に手を伸ばした。

震える手で肉胴を握り締め、おそるおそる屹立に顔を近づけると、すえたような不潔な匂いが一気に強まった。

（ウッ、気持ち悪い）

きつく目を閉じたまま、震える舌を差し出した。先端が亀頭に触れる。

「そうだ、素直になった方が自分のためだぜ。お前が好き者だということはわかっているんだから」

男の玩弄に反発心を抱きながらも、亀頭冠からくびれに舌を這わせる。付着した不潔なカスが舌の上でダマになった。ウッと吐き出しそうになるのをこらえながら、懸命に舌を動かす。

「オラッ、ちゃんと咥えろ。お嬢様ぶってるんじゃねえ！」

舌だけの奉仕に苛立ったのか、男が美緒の頭をつかみ、無理やり肉茎をねじ込んできた。

（なんて大きいの……息が……息ができない）

顎が外れそうだ。今まで経験したことがないほど、それは巨大な男根だった。

「なんだよ、ちゃんと咥えろ！」

「ウゥ……」

窒息しそうになるのを必死にこらえて、亀頭を口に含む。幅広いカリを通過してやっとの思いで肉茎まで唇を沈めると、喉奥を突かれてむせそうになる。

涙とともに、吐き気が何度も込み上げてきた。

（く……苦しい……顎が外れそう）

それでも懸命に耐えた。この男を怒らせて、あの写真を家族の元に送られたら、自分は生きてはいけない。

美緒はまとわりつく髪を掻き上げながら、奥まで咥え込み、ゆっくりと亀頭へ引き上げる。

「なんだ、下手だな」

呆れ声の男は、屹立をしゃぶらせたまま立ち上がった。美緒の頭を両手でつかみ、シェーカーを振るように激しく前後に揺する。

「ウウゥゥ……ッ！」

「いいかあ、しっかり咥えてろよ！」

喉奥を犯された美緒は必死であがく。

息ができない。苦しい。助けて、助けて……。

「ふふ、客の前ではすました顔でサービスしてる美人ＣＡが、イチモツ食らって苦しむ姿っていうのは、本当に興奮するな。おら！　もっと舌を使え！」

肉太の棹で喉を突きまくられる、地獄のような時間が過ぎていった。何度も何度も……それは永遠に続く責め苦のように感じられた。

「オッ、いいぞ。出るぞ、出るぞぉ」

頭を揺すられるスピードが速まった。

「イクぞォォォォ!!」

「ウゥっ……!」

力任せに剛棒を押し込まれた瞬間、美緒は激しく咳込んだ。生温かい体液が勢いよく口内に放射され、よけた拍子に頬と胸元にドピュッドピュッと飛び散った。

臭みと苦味が充満する中、窒息寸前で倒れ込む。

「……ったく、ザーメンも飲めないのか」

精液を出し切った男が不服そうに言った。

口内で受け止められなかったことが、よほど不満なのだろう。舌打ちをしながらズボンを上げ、ベルトをガチャガチャと乱暴に締める音が聞こえる。

「白ユリ会の鮫島《さめじま》だ。覚えておけ……それから、お前がザーメンを飲めなかったことは堂本さんに報告するからな」

鮫島は吐き捨てるように言って出て行く。ドアがピシッと閉められた。

汗と脂、体液の交ざった悪臭を放つ個室に、エンジン音だけが大きく響いている。

計り知れない恐怖と屈辱を味わった美緒は、ショックでしばらくその場から動くことができずにいた。

（なぜ……なぜ私がこんな目に）

口の端についた液体を指先で拭い取りながら、ふらふらと立ち上がる。

鏡を見るのが恐ろしかった。夢であってほしい。誰か夢だと言って。この悪夢から目覚めさせて……。

勇気を出して覗き込んだ鏡に映ったのは、乱れた髪を頬に張りつかせ、涙とよだれで化粧が剝げ落ちた無残な自分の姿だった。汚らわしい野獣の男液が、頬や制服のあちこちに付着している。

（ひどい。あんまりだわ）

女に生まれてきたことを恨めしく思った。何度もうがいをし、濡らしたティッシュで必死に残滓《ざんし》を落とした。

その時、突然ドアが開いた。

「美緒……」

里沙子が悲しげに眉根を寄せて入ってくる。

「せ、先輩……」

美緒はたおやかな細腕にぎゅっと抱き締められた。

「うう、私……」

「何も言わないで……苦しかったでしょう」

髪を撫でられるのを感じながら、甘い香りを胸いっぱいに吸い込む。自分を包み込む腕が全てを清め、穢れを取り去ってくれたらどんなに救われるだろう。

ほっとしたとたんに嗚咽が込み上げてきた。堰を切ったように、熱い涙がはらはらと流れ落ちてくる。

「ウッ……ウッウッ……こんなことって」

「美緒、許して……ごめんなさい」

背中を優しくさする里沙子の手も躰も震えていた。泣いているのだと分かった。

里沙子の温かな手が頬に触れ、涙を拭ってくれる。

慈悲に満ちた表情でそっと口づけをされると、この人もまた同じように苦しんでいるのだと、美緒は唇を合わせながら抱き締め返した。

2

「ウン……ウン……あんッ……」

「もっと舌を使え」

「ウッ……は、い」

制服のブラウスとスカート姿の美緒は、ベッドの上で仰向けになった堂本の足の間に這う格好で、懸命に肉棒を舐めしゃぶっていた。

ウエストまでたくしあげられたスカートの下は、局部を露出させたサスペンダーストッキングである。美緒の真後ろには大きな鏡がある。堂本からは、剝き出しになった白く丸い尻ばかりか、ピンク色にぬめる恥肉まではっきりと見えているだろう。

（ああ……昼間、あんな目に遭ったばかりなのに）

傍らでは、制服のままの里沙子が、不安そうにその様子を窺っている。

「目を閉じるな。こっちを見ながら咥えろ」

「うぅ……はい」

二日目のフライトを終え、昨夜と同じ福岡のホテルに着くと、堂本は美緒と里沙子を自室に呼んだ。

「鮫島社長から聞いたぞ。フェラチオも満足にできないらしいな」

機内での報告を受けた堂本は、美緒のあまりの素人ぶりに呆れて、特訓を強要してきた。もちろん写真と動画を切り札に、である。

「『Jトラベル』二代目の鮫島社長は、前社長の時代から白ユリ会の大切な上客だ。会に入ったからには、二度と失礼のないようきっちり覚えるんだぞ。ほら、左手を休

ませるんじゃない。もっと奥まで咥え込め」

薄笑いを浮かべた堂本は、さらに喉奥まで突き刺してくる。根元まで唇を沈め、左手で睾丸をやわやわとあやすことも忘れてはならない。

あの獣のような男が、有名人気企業の『Jトラベル』の社長だとは、ちょっと信じられなかった。日中、その鮫島に口唇愛撫を強いられ、まるで肉体を犯されたようなショックを味わったばかりなのに、堂本は容赦しなかった。

顎が痛い。鮫島は容姿同様にペニスのサイズも人間の域を遥かに越えていた。その痛みがまだ残っている。

「しゃぶりながら、尻を振ってみろ」

拒みたかった。だが、それが許されないことも分かっている。

美緒はおずおずと腰を振った。

「いい眺めだ。むちむちの尻がライトに映えて色っぽいぞ……よし、今度は咥えたまま自分でいじってみろ」

「ウッ……」

「どうした？　できないのか？」

フェラチオをしながら自分のアソコを触るなんて、そんな恥ずかしいことは未経験

だ。しかも、自分の背後には鏡がある。

「キャ、キャプテン……できません……」

いったん吐き出して、訴えていた。

「ダメだ、命令だ。こっちを見たままやるんだ」

屈辱の行為を強いられた美緒の右手が、震えながら太腿の間を通り抜ける。

再び頬張り、目を逸らすことも許されず、右手の中指を濡れ溝に這わせる。

ワレメに沿ってゆっくりと往復させると、湿り気のある音が聞こえ始めた。

(……私、濡れている……?)

美緒の表情と背後の鏡を代わる代わる見つめていた堂本が、せせら笑った。

「指を入れてみろ」

「ああ……」

少し力を込めただけで、中指はいとも簡単に蜜壺に呑み込まれた。

指を軽く抜き差しすると、聞きたくない音が聞こえてくる。

昼間、鮫島に言われた「好き者」という言葉が脳裏によみがえってきた。

(い、いや……私はそんな女じゃないわ！　今だって好きでやってるわけじゃないんだし……)

だが、想像以上にあふれた蜜は、意に反してはしたない水音を響かせる。

「どうした？　感じているのか？」

美緒はいきり勃った男根を咥えたまま、いやいやと胸の内で否定する。

「ほら、口も手も休めるな」

「ウゥ……」

根元まで頬張った屹立を吸い上げ、また深く咥え込みながら膣肉を掻き回すと、潤んだ粘膜が、もっと激しくとでも訴えるかのように、熱い粘りを帯びて中指にまとわりついてくる。

「それじゃ物足りなさそうだな。もう一本増やしてみろ」

人を見下し、小馬鹿にしたような物言いにも今は抗うことができない。

薬指も沈み込ませ、二本指のスピードを速める。ジュボッジュボッという音とともに、鳥肌が立つほどの甘美な刺激が背筋を突き抜けた。

腹側のざらざらした部分を繰り返しこすり上げると、絡みついたヒダがさらにキュッと締めつけてくる。

（あンッ……こんな状況で感じてしまうなんて……私、おかしくなってる）

感じている自分を認めたくない。そう思ったとたん、急に右手の動きが止まってし

まう。

「何度言えばわかるんだ。手を休めるなと言っているだろう。呑み込みの悪い女だ。もういい。里沙子、手本を見せてやれ」

ベッドから降りた堂本は、傍らにある一人掛けのソファーに腰をおろした。

サイドテーブル上のバーボンのロックを、不機嫌そうに喉に流し込む。

「罰だ、お前は床で正座しながら見るんだ」

堂本に命じられた美緒は、絨毯が敷き詰められた床に黙って正座をした。

屈辱の行為を強いられ、逃れるすべさえ見つからない。この先、自分は一体どうなってしまうのだろう……。不安と焦燥感だけが、美緒の胸中をどす黒く染めていく。

「キャプテン、失礼致します」

ベッド脇の椅子に座っていた里沙子は、おもねるように足元にひざまずく。

白のバスローブをまとった堂本が、悠然と足を差し出すと、里沙子は恭しく両手で受け止め、甲にキスを浴びせ始めた。

（里沙子先輩……）

フライトのあとで、里沙子に白ユリ会に入っている理由を聞いていた。

里沙子は、経営難で傾きかけた実家の家業の相談を堂本に持ちかけたところ、白ユ

リ会への入会を勧められた。そして、里沙子の美しさに魅せられた堂本は、金と権力で自分専門の愛人兼奴隷の座におさめてしまったらしい。堂本や白ユリ会の援助もあって実家は持ち直したという。

だが、里沙子の払った代償はあまりにも大きかった。

先輩が可哀相だと思った。だが、美緒も理由こそ違うが、同じ境遇に立たされようとしているのだ。

「キャプテン……」

甘い声で美緒は現実に引き戻された。

里沙子はうっとりした表情で堂本の足の甲に頬擦りをする。慈しむようにチュッと唇を這わせ、代わる代わる両頬にあてがうと、堂本の表情からは次第に険しさが消えていった。

足指にキスをしていた里沙子が、親指をしゃぶり始めた。

(ああ、どうしてそんなことまで……)

恍惚の表情で堂本を見つめ、足の指一本一本を丁寧に舐めしゃぶる里沙子。

気持ちとは裏腹に、美緒はその姿に魅入られてしまう。

「ふふっ、いやらしい顔をしているぞ」

「ウウッ」と眉根を寄せる表情に、快感の色が含まれている。

太腿をさすりながら這い昇っていく唇、時折堂本を見上げる情欲に満ちた横顔は、何という美しさだろう。淫らな行為をしても上品さを保ち、切なげに恥じ入る姿も優美としか言いようがない。

その陶酔した表情に、美緒の下半身が熱く疼き始めた。

「よし、そのままこれを咥えなさい」

堂本が腰紐を解くと、赤黒くそそり勃つ男根が現れた。

指を絡めるようにゆっくりと亀頭を撫でおろした里沙子は、軽く握って亀頭の先に口づけをする。

(あっ、先輩……)

美緒の胸の奥に、嫉妬めいたものが湧き上がってきた。

尿道から滲み出してきた先汁をチュッと吸い上げると、里沙子は「美味しい」とでも言うように、うっとりと目を細める。睾丸を揉みしだきながらなめらかに這い回る舌は、堂本のあらゆる快感のツボを十分に会得しているようだ。そのまま口いっぱいに含んで、強烈なバキューム音を響かせている。

(ああ、こんな先輩、見たくない……)

これは自分たちが望んだものではない、二人とも堂本の犠牲にならざるを得なかった結果の行為のはずだ。少なくとも美緒はそう信じている。

にもかかわらず、家族を助けるためとは言え、あの聡明な里沙子がここまで屈辱的な要求にも素直に応じるのはなぜだろう。

里沙子は堂本から離れようとしても、離れられなくなってしまったのではないだろうか。

女は一度抱かれると、少なからずその男に好意を寄せてしまう。執着してしまう。男にとっては獲物を獲得したという、いわばゴールのようなものだが、女の場合、そこから始まる出発点に近い。

(もし、そうだとしたら……)

美緒は何ともいえぬうら悲しさに心を曇らせた。それだけではない。里沙子もろとも、自分も地獄へ堕ちて行くかもしれないのだ。

だが気持ちとは裏腹に、うっとりとした里沙子の表情を見ると、なぜか恥肉がたまらなく潤んでくる。

「里沙子、服を脱ぎなさい」

「……ン」

肉茎を咥えていた唇が離れるのを惜しむように、里沙子は亀頭の先にチュッとキスをして立ち上がった。くるりと回って堂本に背を向け、恥ずかしそうに尻をくねらせながらスカートをおろし始める。里沙子も、尻と女陰部があらわになったサスペンダーストッキングを穿いていた。

「何度見てもいい尻だ。太腿の間からよだれが滴れているぞ」

里沙子はいやっとでも言うように、躰をよじった。

ブラウスを脱ぎ捨てると、驚いたことにブラジャーはつけていなかった。いや、つけてはいるのだが、胸のラインに沿った輪郭だけの紺のオープンブラだった。

(えっ……この姿のままフライトをしていたの?)

美緒は目を丸くする。

「相変わらず、いやらしい躰だな」

堂本は下品な笑みを浮かべたが、どの角度から眺めても隙がない美しいボディラインは、さすが元ミス・キャンパスだ。

乳房も乳首も重力とは無関係のように上を向いている。なだらかな曲線を描く吊り鐘型の乳房は、美緒よりも控えめだが、ツンと前にせりだした大きめのピンクの乳首は見るからに敏感そうに見える。

（先輩、綺麗すぎる）

あの夜、里沙子に抱かれた時には気づかなかったが、女性の躰を見て、こんなにも感動を覚えたのは初めての経験だ。

淫らなランジェリーをつけても決して卑猥な印象にならないのは、里沙子の醸し出す知性や品の良さからだろう。

「極上の奴隷だ」

堂本が屹立に手を添え、しゃがませた里沙子の頬にグニグニと亀頭冠をなすりつけた。

「ああ……」

艶やかな頬はたちまち先汁で穢され、里沙子は苦しそうに喘ぐ。

「いい眺めだぞ」

「いや……ァ……」

眉根を寄せつつも陶酔しきった表情を見て、美緒の中には嫉妬や不安とともに、たまらなく興奮してしまうもう一人の自分がいた。

堂本がそんな美緒をちらっと見て、言った。

「美緒もお前の姿を見て、もよおしているようだぞ。昨日から気づいていたんだが、

美緒にはレズっ気があるようだな……里沙子、例のモノを出しなさい」

里沙子は戸惑いがちに頷いて、ゆっくりと立ち上がった。

3

里沙子が、ソファー脇のナイトバッグから何やらごそごそと取り出している。

「それだ、それをつけて美緒によく見せてやるんだ」

里沙子はベッドに片足をかけ、指示されるまま身につけている。T字のベルトを通し、長く黒いものが躰の中心にくるよう装着した。

(こっ、これは……?)

里沙子の下半身から黒々と伸びたそれは、逞しく勃起した男性のペニスそのものだった。

「美緒、それを触ってみなさい」

ソファーでバーボンを飲む堂本の、眼鏡の奥が光った。

美緒はおそるおそる屹立を握ってみる。

(シリコン製かしら。こんなものがあるのね)

亀頭のくびれや浮き出た血管がとてもリアルで、触り心地もまるで本物のようだ。

驚嘆しながらあちこち触れていると、それが男性器だと思い出し、思わず手を引っ込めてしまう。

「もっと触って……」

「えっ？」

「お願い……美緒」

里沙子に懇願されると拒めなかった。

戸惑いながらも、美緒は伸ばした手で屹立を握り、おずおずと前後に動かしてみる。

「そう、それでいいのよ」

まるで自分の分身をこすられているかのように、里沙子の腰が妖しく揺れ始めた。

肉棒が鼻先に差し出される。しゃぶって、ということなのだろうか。

ためらいながら開いた口で、ひと思いに亀頭を包み込んでみる。

「ああ、そうよ。美緒、上手よ」

里沙子の艶めかしい声が耳に届くと、美緒は知らず知らずのうちに、舌を絡ませていた。

「アン、もっと……」

そっと撫で上げられた頬を赤らめ、美緒は唾液を溜めた口元で人工ペニスを吸い立

てる。堂本の声がした。

「美緒、服を脱いでベッドで里沙子と絡みなさい。ちゃんとイクんだぞ。言う通りにしないと……わかっているな」

堂本は手にした写真をヒラヒラと振って見せた。

里沙子が、そうするのよと言わんばかりに頷いた。

二人の熱い視線を一身に浴びながら美緒は制服を脱ぎ、ストッキング一枚になる。

里沙子の甘い吐息が見えない鎖のように、躰をがんじがらめにしてくる。

美緒は仰向けにされたまま目を閉じた。

何も感じたくない、感じてはいけないのだと、必死に意識を殺してしまう。

「もう乳首が勃ってるわ……」

里沙子の声を聞くと、甘い期待感で、殺していた意識がざわついた。

せりだした乳首を、親指と人差し指でキュッとつままれる。

「ンンッ……」

「ごめんなさい……私のせいで。でも今はこうさせて……」

里沙子は自分の乳首と美緒の乳首がちょうど触れ合うように、ゆっくりと覆いかぶさってきた。

「ねえ見て……なんていやらしいの……美緒のコリコリした乳首と私の乳首が仲よく遊んでいるわ」

美緒はおずおずと目を見開いた。

確かに淫らな光景だった。

里沙子のたおやかな乳房と美緒の張りのある未熟な乳房が、先端のピンクの蕾を尖らせながら、四匹の白い子ウサギのように戯れている。密着した乳房はマシュマロさながらにやわやわと押し潰され、弾み、吸いつき合い、それに反して時折ぶつかる乳首はピンと硬さを保ったまま、どこまでもエロティックな様子を覗かせていた。

(アンッ……)

感じてはいけないのに、脅されているはずなのに、ヒクついた蜜壺からは、すでに大量の愛液が湧き出ている。

太腿に当たっていた擬似ペニスが、もてあそぶようにクニクニとワレメを責めてくる。

「早く入れてほしい……？」

「イ、イヤです。こんなモノ……とても入りません」

美緒は怯えて、ベッドヘッドの方へじりじりと退いていく。

「大丈夫よ……痛くしないわ」

逃げる女陰を追いかけるように、里沙子は潤んだ恥肉をツンツンと刺激してくる。

「本当は欲しいんでしょう?」

畳みかけられて、美緒は泣きそうな顔で頷いていた。里沙子の前では、なぜか従順な子羊になってしまう美緒であった。

「四つん這いになるのよ」

「……ぁぁ、はい……」

素直にベッドに這うと、胸底から甘い疼きがせりあがってきた。

尻がごく自然に揺れてしまう。ここまで堕ちた自分を認めたくなかった。だが、アソコを塞がれたいのだ。潤んだ秘孔の隅々まで、里沙子のペニスでいっぱいにしてほしかった。

「こんなにお尻を振って、美緒はいやらしい子ね」

丸出しのワレメがペロリと舐め上げられる。

「アァァン……」

「たっぷり潤っているわ」

「イヤ……恥ずかしい」

「入れるわよ。力を抜いて」

美緒の秘唇に押し当てられたペニスは、数回濡れ溝を往復させたのち、ズブリと押し入ってきた。

「アアァァァ……ッッッ!!」

それは硬く冷やかな感触だった。生身の男性とはまるで違い、ごつごつとした無機質な痛みが伴ってくる。

「い、痛い……ッ」

「美緒、右を見て」

貫かれたまま右を向くと、四つん這いでペニスを受け入れる自分の姿が、大きな鏡に映っていた。はしたなく突き出した双臀の狭間に、黒いペニスが消えてはまた顔を出している。

「ほら、美緒の中にペニスが入っていくのがよく見えるわよ」

里沙子が腰を入れると、グニッと膣粘膜を割られる感触が走る。

「ううッ……イヤ……」

「ふふ、根元までしっかり呑み込んでる……いやらしいわ……ほら、次はゆっくりと引き抜くわよ」

「ァアンンンッ……！」

里沙子は、入り口ギリギリの場所までペニスを引き、再び奥深くへと押し進めてくる。生身のペニスなら、膣のサイズに合わせて多少の収縮があるはずなのだが、人工のものは容赦なく美緒の膣壁を蹂躙する。

まるで未開の肉路を強引にこじ開けてくる怪物のようだ。

「ああっ、痛いッ……」

「美緒、力を抜いて」

先端まで引き抜いたペニスに、里沙子が手のひらに取った唾液を塗り込んだ。段違いにすべりのよくなった屹立が、再び美緒の体内へと呑み込まれていく。

「もう痛くないでしょう？」

「う……ン……」

本当だ。あれほどつらかった膣道の痛みが、潤いとともに波が引くように薄れていく。ヒヤリとしたペニスも、今は膣肉と淫蜜ですっかり温められている。

ズチュッ、ズチュッ、ズチュッ……！

「このいやらしい音は何？」

「ウゥ……いや」

「ちゃんと鏡を見て」

鏡越しに目が合うと、腰を振りながら里沙子が微笑んだ。美緒の腰をつかんで、快楽のポイントを寸分も外すまいと慎重に膣上部を突き上げる。

「ふふ、おっぱいが揺れてる」

一撃ごとに乳房がぶるんと弾むのが見える。快楽を貪るように、いつしか美緒の腰も里沙子の動きに合わせて揺れていた。

「あぁ……気持ちイイ」

「私もよ……美緒のエッチな顔を見ていたら、私も気持ちいい……もっとよがっていいのよ」

里沙子が動きを速める。

「ヒィイ……アンッ……アンッ……ダメ」

不思議だ。人工のペニスを通じて、里沙子の体温が伝わってくるようだ。感情を持つ本物の男根のように、里沙子の意志そのままに、体内でもっともっと暴れてほしいと願う自分がいる。

(先輩のペニスが私を……嬉しい……ああ、もっと激しく)

自分でも倒錯しているとは分かっているものの、里沙子とひとつになれた悦びを嚙

み締める。十分すぎるほど蜜があふれた恥壺は、しっかりとペニスを包み込み、繰り返す抽送を受け止めていた。

内腿に生温かい淫蜜が伝うのを感じる。尻が勝手にぶるぶると震え始めた。

「美緒、イキそうなの？」

里沙子が鏡越しに訊ねる。

「ハ、ハイ……ウウッ……ぁぁン」

そう返すのももどかしい。

絶頂前に感じる身体が、とろけるような熱の塊が広がってくる。

「イッていいのよ」

「アンッ、アンッ……先輩……ッ」

「美緒、イクのよ。イキなさい！」

「アンッ、アンッ、アアアンンッッッ！」

最後にズンっと奥まで打ち込まれると、何かがほとばしった。

「イクぅ……ゥゥゥ……アァァ……ッッ……!!」

背中に電流が走り抜ける。気が遠くなった。

硬いペニスを咥え込んだ膣粘膜はさらに締めつけを増し、美緒の躰は爆ぜたように

数回痙攣した。

「……ハァ……ァァァ……ウァァァン……ッッ」

尻を突き上げたままの姿勢で崩れ落ちていた。

ペニスが抜かれる。余韻が残る中でも、人口ペニスから甘酸っぱい匂いを放ちながら、温かな愛液がとろりと滴るのを太腿に感じた。

里沙子の吐息が潤みきった肉ヒダにかかる。

「ああ、美緒は素敵すぎる」

秘唇を温かな感触が走り、美緒はビクンと震えてしまう。

「美味しい」

快感の女汁で存分に濡れたスリットが、里沙子の舌で清められていく。

「里沙子、ご苦労だった。これからも時々俺に代わって調教してやってくれ。オークションに出すにはまだまだ調教が必要だからな」

堂本の禍々《まがまが》しく非道な声が、朦朧とした頭に忍び込んでくる。

第四章　罪と罰

1

　悪夢のようなステイから一週間、美緒は不安に駆られながらも業務をこなしていた。どうしても気がそぞろになり、小さなミスを犯し、パーサーから幾度となく叱責を受けた。

　どういうわけか、美緒のフライトには、必ず堂本も機長として同乗する。

　CAとパイロットの勤務パターンは異なるので、通常ならあり得ないことなのだが、おそらく裏で堂本がスケジュール操作をしているのだろう。

　先日の鮫島のように、乗客の中にも監視の目が光っているかもしれない。常に疑心暗鬼に陥り、精神の休まる暇などなかった。

（私はどうなるのかしら？　白ユリ会ってどんなところなの？）

不安で胸が張り裂けそうになっていたその時、堂本から連絡があった。「連れて行きたい所がある」と言う。一度は断ったのだが、二言目には「写真をばらまくぞ」と脅し文句を羅列されると、従うしかなかった。

指定された時間に待ち合わせ場所の公園に着くと、黒塗りで後部ウインドウにカーテンのついた大型セダンが停まっていて、後部座席には里沙子と堂本が座っていた。

「美緒、悪いがここから先は目隠しをしてもらう」

堂本に目配せをされて、里沙子はバッグの中からスカーフを取り出した。目隠しされた美緒は、二人にはさまれる形で後部座席に腰をおろす。

車が勢い良く発進した。

「今晩は白ユリ会のパーティーだ。お前もデビュー前に一度見ておくといい」

「えっ……白ユリ会の？」

「そうだ。いずれ『大型新人』として売り出してやろうか。はは」

「い、いやです！　停めて！　車を停めてください」

取り乱した美緒のことなど無視するように、堂本が落ち着き払って言葉を続けた。

「まあ、聞け。お前のことを調べさせてもらった。小学生の頃、父親を事故で亡くし

てからずっと、母親が女手ひとつでお前と妹を育てた。そうだな？」

その通りだった。

美緒が小学二年の時、父は高速道路での多重衝突に巻き込まれて不慮の事故死を遂げた。まだ幼かった美緒と妹を育てるために、母は昼夜のパートを掛け持ちし、それこそ死に物狂いで働いていたのを覚えている。今思うと、母が寝ている姿などほとんど記憶にない。

そんな母が、美緒が憧れのＣＡに合格した時には誰よりも喜んでくれた。やっと恩返しができる。母に楽をさせてあげられる。離れて暮らす母に少しでも休んでもらおうと、美緒は少額ではあるが仕送りをしていた。

「立派なお母さんじゃないか。だが、もしこれを見たらどう思うだろうか。里沙子、目隠しを外してやりなさい」

目隠しが解かれた。

車内の窓はカーテンで遮られている。中央には間仕切りがあり、誰が運転しているのかさえ分からない状態だ。

『アア……ン……先輩……』

突然、淫らな音声とともに前方の小型モニターが作動した。

(こ、これは……！)

青白い光を放つ画面に向かって、美緒は身を乗り出した。

唇を押しつけ、絡み合う二人の女。艶やかな肌の隙間からは、時折、黒々とぬめ光るグロテスクな疑似ペニスが見え隠れしている。やがて、ベッドに四つん這いになった女の秘部に、それがズブズブと呑み込まれていく。

小さな画面には、はしたなく身悶えをする美緒と里沙子の姿が鮮烈に映し出されていた。

やはりあの時も隠し撮りされていたのだ。内臓が軋んで、苦いものが喉元に込み上げてきた。

「やはりお前は好き者だな。見てみろ、こんなにいやらしく尻を振ってよがっている。これを実家に送りつけてやろうか」

「ダメッ、絶対にしないでください！」

美緒は隣の堂本の腕を、思わずつかんでいた。

「家族思いのいい子だな」

堂本はせせら笑うと、美緒の手を引き剝がして言った。

「心配するな。お前が逆らわなければ、そんなことはしない……言っておくが、お前

がCAを辞めようが、母親が悲しもうがこっちの腹は少しも痛まない。ただ、命令に従わなければ、いつでも実行されることを覚えておくんだな」

美緒はすがるような目を向けて、頷くことしかできなかった。

「よし、到着までしばらくかかる。おとなしくしていなさい」

忌まわしい画像が消され、再び目隠しがされる。あとは無言のドライブだった。

随分と長い間乗っていたような気がする。

ようやく大型車が停まった。車から降ろされると、潮と油の匂いが美緒の鼻先をかすめた。乱暴に走り去る車の音は次第に遠のき、やがて消えていく。

「里沙子、美緒の目隠しを外してやれ」

「はい」

きつめに巻かれたスカーフが解かれ始めた。後頭部の結び目が緩むにつれ、圧迫されていた両目がフッと軽くなる。

目前には夜の海が広がっていた。倉庫街だろう、似通ったコンテナが林立し、時折、工業船が重々しい音をたてながら不気味に行き交っている。

「午前一時過ぎか。時間通りだな。さあ、行くぞ」

黒いスーツ姿の堂本が、意味深な眼差しで美緒に微笑んだ。

（二時間も乗っていたのね。ここはどこかしら……？）

辺りを見渡すが、全く見当がつかない。目印になるような高層ビルも橋もない、不思議な工業港だった。

堂本が足早に進むと、里沙子が「行きましょう」と背中を押してくる。

コンクリートに響く靴音と次第に速まる動悸が、これから起こることへの序奏のごとくシンクロした。

堂本はコンテナの間を縫うように足を速めていく。

美緒は不安な面持ちで訊ねた。

「あの……どこまで歩くのですか？」

「もうすぐだ、心配するな」

複雑な倉庫街を十分ほど歩くと、オレンジ色のスポットでうっすらと照らされたドアが見えた。

「ここだ」

ドア横には金属のパネルがある。カードキーを差し込み、堂本が手慣れた様子で暗証番号を押した。暗証番号は二十ケタほどだろうか、かなりセキュリティは厳重らしい。

ギーッといやな音をたてて、重い扉が開かれた。

（真っ暗だわ……）

壁にはほの暗い照明が灯っているが、自分の足元さえ見えないほどの暗闇だ。堂本が先頭を歩き、次に美緒、最後に里沙子が続く。湿った空気に混じってアロマオイルらしき甘い香りが鼻をついた。

「足元に気をつけろ。ここからは階段だ」

「は、はい……」

暗闇に馴染んだ頃、地下に通じる階段が見えてきた。微光だけを頼りに、踏み外さぬよう一段一段慎重に降りていく。

二十段ほど下がったところで踊り場になった。見上げると両脇は頑丈な石壁に囲まれている。狭い機内に慣れているはずの美緒も、二度と戻れぬ地底都市に足を踏み入れたような圧迫感と不気味さとで息が詰まりそうだ。

「美緒、左に曲がるぞ」

堂本の誘導で左に曲がり、さらに地下への階段を降りていく。

（……携帯が通じなくなったらどうしよう）

携帯電話どころか、ここでは叫んでも誰も助けに来てくれないだろう。外界から遮断された地底の異空間は、まだ奥底へと続いている。

スポットに照らされたカウンターが見えた時にはほっとした。クリスタルの花器に、見事なカサブランカが飾ってある。

(この匂い……ユリの香りだったのね)

タキシード姿の年配の男性と、深紅のチャイナドレスの女性が出迎えた。女性のスリットはかなり際どい部分まで入っており、白い太腿が見え隠れしている。

「IDを拝見致します」

男女は恭しく一礼した。

「美緒、会社のIDを出して。それから、荷物は全てここに預けるの。携帯電話や化粧ポーチも一切ダメよ」

「全部……ですか?」

「そう、全部よ。以前、口紅の中に小型カメラを忍ばせたメンバーがいて大問題になったわ。だから従ってほしいの」

「……は、はい、わかりました」

わざわざ小型カメラを持ち込むほどの出来事が、ここで起こるのだろうか。荷物を渡すと、美緒はもう二度と元の生活に戻れないのではと、急に空恐ろしくなった。

「それでは、こちらにお召し替えください」

美緒と里沙子は白のミニドレスを渡された。薄くてツルツルしたシルク素材だ。これでは、透けてしまうだろう。

「あちらで着替えましょう。ここでは、男性はハーフマスク、女性はこれを身につけるのが決まりなの。それから、誰に会っても話しかけてはダメよ」

「は、はい……」

里沙子に促されて更衣室らしき場所へ向かうと、女性二人が着替えている最中だった。

二人とも無言で白いドレスに着替えている。

（あっ、あれは……里沙子先輩と同期の南《みなみ》さん！　隣は、確か大阪ベースの先輩だわ）

二人とも里沙子に劣らぬほど、美しさとプロポーションのよさでは一目置かれているCAだ。

（あの方たちもメンバーだったなんて……）

美緒は白ユリ会が自分の想像していたよりずっとこの会社に深く浸透していることを知り、いっそう怖くなった。呆然としていると、「早く着替えなさい」と里沙子が目で合図を送ってくる。

ドレスに着替えた彼女たちは、軽く会釈をして出ていった。

（いろいろと事情を聞きたかったのに……）

もどかしさを感じながら、着ていたワンピースのファスナーをおろす。横で里沙子が囁いた。

「美緒、ランジェリーも脱ぐのよ」

「えっ……」

「大丈夫、恥ずかしがることないわ。このパーティーに参加している女性は、皆同じ格好よ」

「で、でも……」

「安心して。私も一緒よ」

里沙子は衣服を脱いで、生まれたままの姿になった。陶器のように真っ白な肌を晒し、美緒に微笑みかける。

（先輩の躰……何度見ても綺麗だわ）

里沙子と一緒だと安心する。堂本の策略に嵌められたとは言え、里沙子に抱かれた日から、美緒は憧れ以上の気持ちを抱いていた。

「さあ、着替えましょう」

二人でドレスをまとい、鏡の前に立ってみる。

(あ……乳首が……)

薄いシルク素材のせいか、ツンと勃った乳首がいやでも目立ってしまう。なかばシースルーの布からはアンダーヘアもうっすらと透けている。鏡の前で美緒が真っ赤になっていると、里沙子の柔らかな手が、頬をさっと撫でた。

「大丈夫、私がついてるから」

温かな唇が重なってくると、甘美な思いが込み上げてきて、身を任せずにはいられなかった。

「アン……先輩……」

かすかな衣ずれの音を感じながら、美緒は里沙子の柔らかな唇を、何度も何度もついばんだ。

「お待たせ致しました」

白いドレスをまとった美緒たちがホールに出ると、堂本は顔の上部だけを被った白いハーフマスク姿で待っていた。

「いいか、ここから先は、何があっても大声を出すなよ」

堂本が釘を刺す。

ドアを開けると真っ暗な部屋に、無数の白い物体がゆらゆらと揺らめいていた。

(な、なに……？)

白い物体はあちこちで蠢いている。あるものはぶつかり合い、あるものは規則的な動きをしている。

(アッ、あれは……)

それが人間、それも絡み合っている男女の姿だと理解できるまで、美緒にはかなりの時間が必要だった。

だが、ひとたび分かってしまうと、ブラックライトに反射した白いドレスと仮面が、どういう行為をしているのかは一目瞭然だった。歓談の声に交ざって、喘ぎ声や肌がぶつかり合う音、卑猥な機械音などがあちこちから聞こえてくる。

「あぁっ……あん……ハァン」

すぐ横のソファーで、一段と大きな喘ぎ声が響いてくる。美緒は吸い寄せられるように、そちらに目を向けた。

「アアッ！　いい……気持ちイイ」

ソファーにもたれかかった女性を、数人の男女が囲んでいる。グラスを片手に楽し

そうに何かを鑑賞している様子だ。

(何かしら……？)

美緒は女性の前方に回ってみた。

両足を大きく広げた女性が、蛍光色に光る極太バイブを自らの秘部に出し入れしていた。

「あんっ！　気持ちイイ」

女性は顎を突き上げながら、ひたすら快感に悶えている。

淫毛や肉襞を照らしている発光バイブは、膣に呑み込まれると辺りは闇になり、姿を現すとまた青白く照らし出される。粘り気を帯び白濁した愛液は淫毛に付着し、アナルの方まで滴っているのが分かる。

(ああ……)

あらわな姿を目にしているうちに、美緒の躰は熱く疼き始めた。

(ああ、ウソ！　どうして……？　きっと、先輩とキスをしたせいだわ)

美緒は身体の火照りをキスのせいにしながらも、ドレスの上からギュッと恥丘を押さえつけていた。

「美緒、行くわよ」

里沙子の声で我に返り、再び室内を進み始めた。

チャリンという金属音に振り向くと、四つん這いになった女性二人が首輪に繋がれて、犬の散歩のように床を這っていた。主人役の男性に引かれて、室内を連れ回されている。二人ともスカートをたくしあげられ、丸い尻が露出していた。それが歩くたびにぷりぷりと左右に揺れているのだ。

時折、クゥンクゥンと甘えるような女性の声が聞こえてくる。男にすがり、媚を売るような犬に似せた鼻声。

(ああん、なんて声を出すの……)

初めて耳にする声だった。だが、その哀切な甘え声に胸が疼くのはなぜなのだろう。

「美緒、こっちだ。今から面白いショーが始まる」

堂本に肩をつかまれて、美緒は我に返った。連れ添われて会場を歩く。

それにしても、この部屋は一体どれほどの広さなのだろう。入り口付近のテーブルには、料理や飲み物が豊富に並べられ、至るところにソファーやテーブル、パーティションがある。

しかも、扉がいくつもあり、他の部屋にも自由に行き来が可能なようだ。

(これが白ユリ会のパーティー……)

美緒は魂を奪われたように、目の前の光景をぼんやりと眺めていた。この倒錯した世界は、果たして現実なのだろうか。

ブラックライトに浮かび上がるほの白いドレスは、まるで闇夜に咲き乱れる花のようだ。

(花……？)

美緒はハッした。

(ああ、そうよ。ユリの花だわ……。白ユリ会……私たちは白ユリの花なんだわ)

恐ろしい現実が躰にずしりとのしかかってきた。

その時、突然、オーケストラの大音響が鳴り始めた。部屋中がいっせいに色めき立つ。

(えっ、なにかしら……？)

中央に位置した円形の舞台にスポットライトが当たると、室内は拍手に包まれた。

(あんなところにステージがあったなんて)

拍手がさらに激しくなる。舞台の周りにぞろぞろと男女が集まってきた。

「美緒、よく見ておくんだ」

ソファーに腰をおろした堂本が呟き、美緒はステージに目をやる。

黒い仮面の男性が舞台上でマイクを握った。

「皆様！　大変お待たせ致しました。ショータイムの始まりです！」

今までの淫猥な空気とは全く異なり、場違いなほどに調子づいた口調の司会者だ。

2

キコキコキコキコ……。舞台奥から、赤い布で覆われた高さ二メートルほどのものが、仮面の男たちにより運び込まれた。

「皆様ァ！　これが裏切り者の正体です！」

司会者が手を広げ、赤い布がパッと取り外される。

「ホホオ」「オオ」と、皆口々に驚きの声を上げた。

（あっ、あれは……？）

舞台上には、躰を大の字にくりつけられた裸の女性が、スポットライトに照らし出されていた。

司会者が女の髪をつかみあげ、無理やり前を向かせた。

（アッ！　も、もしかして……）

美緒は目を疑った。

（矢野《やの》教官！）

美緒たち二百三十期生が、三カ月間の訓練でお世話になった矢野ひとみが、磔《はりつけ》にされて、その美しい裸身を衆目に晒している。

（な、なぜ教官が……？　いや……いやァ！）

厳しく、それでいて温かな目で、いつも美緒たちを見守ってくれた矢野教官。ＯＪＴフライトの時は、緊張しやすい美緒に「大丈夫、訓練通りにやればいいの。自信を持って」と、手紙とお守りをメールボックスに忍ばせてくれた優しい教官。

その尊敬する恩師が、あられもない姿で晒し者にされているのだ。

（教官……なぜ？）

ひとみは、無数の穴が開いた赤いボールの猿ぐつわを咥えさせられていた。怯えた表情で何かを叫んでいるようだが、全く聞き取れない。

オイルでも塗られたのだろうか、妖しく光る大きめの乳房が、抵抗するたびにぶるんぶるんと揺れている。

三十四歳になるはずの熟れた肉体は、哀れなほどに足を広げられ、その中心にはぷるんとした二枚の花ビラが、ピンク色にぬめっていた。

「皆様、極秘に調査した結果、盗撮を目論んだ犯人はこの女でした！　なんと乗務歴十四年のベテランＣＡ、矢野ひとみであります！」

客席がざわめいた。皆、好奇と蔑みの視線を浴びせている。

「あの女だ。口紅に小型カメラを仕込んで、マスコミに売ろうとしたのは」

堂本がそっと耳打ちする。

「キャ、キャプテン、この人……私の教官なんです。お願いです……やめさせてくだ……い」

美緒の言葉は、いつの間にかあふれていた涙で途切れがちになる。

「なんだ、美緒の期[☆1]担教官だったのか。だが、やめさせるわけにはいかない。この女は罪を犯した。だから罰せられる。それだけのことだ」

「そんな……」

美緒はいたたまれない気持ちになって、顔を伏せる。

「本日は初めての試み！　公開折檻を行ないたいと思います！」

司会者が声を張り上げた。

美緒がおずおずと顔を上げると、ムチを手にしたボディガード風の男二人が舞台に現れた。二人とも体格がよく、見るからに屈強そうだ。美しく編み込まれた皮の一本ムチが、ライトに妖しく照らし出される。

（公開折檻って……まさか……）

次の瞬間、男たちは交互にムチを振るい始めた。

ヒュン！　ビシッ！

空を切り床に打ちつける乾いた音が響くと、室内は逆にしんと静まり返る。

「ウウッ！　ウッ！　ウッ……」

磔にされたひとみは、試し打ちをする二人に怯えた様子で、いやいやと首を振り、さらに激しく抵抗し始めた。

「恥ずかしいなあ、ヨダレが垂れているぞ」

口に詰め込まれた赤いボールの穴から唾液の糸が滴っている姿を見て、司会の男が小馬鹿にした調子でののしる。客席に冷笑が飛び交った。

「ウッ！　ウウッ……ウウ……」

「なに？　なんだって？　聞こえねえよ！」

「ウウッ……ウン……」

「お前に人権などないぞぉぉぉ!!」

それをきっかけにムチが振りおろされた。ビシッと裸身に命中すると、

「ヒィィッ！」

ひとみは髪を振り乱して、総身をぶるぶる震わせる。

痛みが伝わってきて、美緒はとても見ていられなくなり顔を背ける。

重そうな一本ムチが肌を裂く鈍い音と、教官の獣じみた悲鳴が響き渡った。

「見るんだ」

堂本に顎をつかまれて、ステージに目をやる。

ひとみの白い躰に刃物で切りつけられたような赤い条痕が、斜めに幾つも走ってい
た。それでも容赦なくムチが柔肌を切り裂いていく。

打たれるたびにスレンダーな躰が跳ね上がり、たわわな乳房が弾む。固定された手首と足首は、悲鳴とともに圧力がかかり変色していた。

(い、いや……ひどいわ……)

あまりの残酷さに美緒は目を伏せる。

「ちゃんと見るんだ。逆らえばどうなるか、その目に焼きつけておくんだ」

堂本は美緒の顔をつかんで、再びステージに向けた。頬に伝っていた涙に気づいたのか、

「なんだ、泣いているのか？　ふふ、お嬢さんだな」

あざけるように言う。

「さぁ！　客席の皆様もぜひご参加ください！　お仕置きしたい方、どうぞ挙手

を！」

「ハイ」「ハイ」と多数の手が挙がっている。

一人の男が指名された。やせ型で口髭を生やした紳士風の男だ。男はムチを受け取ると、裸のひとみをじっと見つめた。

「ウッ……ウウン……」

ひとみが充血した目で、必死に「やめて」と懇願しているのが分かる。粘り気を含んだ唾液が胸元にツツーと伝い、光った。

「この裏切り者が!!」

ひとみを見つめたままそう呟いた男は、振り上げたムチを力の限り叩きつけた。

「ウウウッッ！」

ムチは乳首に命中したらしい。ひとみの小さな乳首が、たちまち熟れたグミのように真っ赤に腫れ上がった。美緒の瞳には涙の幕がかかって、ステージ上の出来事がかすんで見える。

男は何か恨みでもあるかのように、散々叩きまくり、溜飲が下がったのか満足そうに帰っていった。

次に指名されたのは、白髪混じりの初老の男性だった。

片手に太いバイブを握ったまま壇上に立った男性は、司会者に何やら耳打ちをしている。「かしこまりました」と、司会者が指示を出すと、すぐさまボディーガード風の男たちが磔台に手をかける。

(アアッ！　何、これ！)

その瞬間、大の字だったひとみの躰がぐるりと反転し、大きく広げられた脚が上を向いた。

(ああ、ひどい！)

客席が異常な興奮に包まれるのが分かった。恥ずかしさで頬を赤らめる女性、控えめながらも身を乗り出す男性。周囲の反応は様々だが、皆これから起こることへの期待を、ありありと顔に浮かべている。

「ウウウッ……ウウッ！」

ひとみの苦しそうな呻き声が響いた。すでに全身が真っ赤に染まり、ところどころ血が滲んでいる。

「卑しい犬め」

初老の男性が、剝き出しになった肉厚の花ビラをギュッと高くつねり上げた。

「ウグゥゥッッッ！」

ひとみは苦悶の表情で傷だらけの躰をよじった。敏感な二枚の女唇は、今にもちぎれんばかりに痛々しく引き伸ばされ、赤黒く変色している。

「卑しい犬には厳しいしつけが必要だ」

男性は笑みを浮かべながら、もう一方の手で持っていたバイブのスイッチを入れた。

「ヴィーン」という機械音とともに、太い肉棒がスクリュー状にぐるぐると回転する。

それを怯えるひとみの顔に近づけ、存分に見せつけたのだ。

「ウウッ……ウッ……」

恐怖に引きつる顔が、いやいやと左右に振られる。

(もうヤメテ……)

美緒はできることなら、飛び出していってやめさせたかった。

先端を軽くひと舐めした男性は、熟したピンクのはざまに、一気にバイブを差し込んだ。

「アウウッッッ!」

「どうだ? しつけをされている気分は」

男は薄笑いを変えぬまま、野太いバイブを根元まで押し沈める。

「クウウゥ……ッ!」

無理やり剛棒を呑み込まされたひとみは、目を見開いてボールの隙間からこもった悲鳴を上げた。磔にされた下半身を揺らし、割り入る異物から少しでも逃れようと、懸命に腰を引いている。

だが、男は情け容赦なく責めた。頭に血が昇り真っ赤になった教官の顔は、涙と唾液でぬめり、苦痛に歪んでいた。

(ああ、もうやめて……お願い)

男性は嬉々としながら、何度も何度も出し入れを繰り返していた。窮屈そうな動きが、次第にスムーズになってくるのが分かる。

「おや、濡らしているのか？　この恥知らずが」

スポットライトに照らされたバイブは、確かに濡れ光っている。

男性はひとみの女膣にバイブを挿したまま、さらにもう一本、同じバイブをポケットから取り出した。

(ああっ！　なんてことを！)

客席のどよめきに応えるように、男性は得意げに、もう一本のバイブを天高く突き上げる。客席が興奮と熱気に包まれる中、すでに深々とバイブの差し込まれた下半身に、もう一本のバイブが無理やりねじ込まれた。

「グウゥッッッ！」

客席の昂ぶりは激しくなる一方だ。ある者は我を忘れて立ち上がり、ある者はパートナーの男性の腕にしがみついた。皆それぞれの思いで、この非日常の光景を堪能しているのだろうか。

二本のバイブは大きく広げられた脚の間で振動を続け、客席の注目を一心に集めていた。

（ひどい……ひどすぎるわ）

怒りと悔しさで、美緒の躰はわなわなと震えた。教官の笑顔が、温かい言葉が、訓練時代の思い出が、次々とよみがえってくる。

（教官！　ああ、教官！）

心の中で何度も何度も呼びかける。苦悶に歪む顔を見つめながら、せめて自分だけはこの状況からあなたを救いたいのだと教えたかった。

そうだ、ひとみを救えるのは自分しかいない。

（助けなくちゃ……私が助けなくちゃ！）

気づいた時には、美緒は舞台に駆け上がっていた。

「やめてください！」

バイブを抜き取り、ぐったりとした教官をかばうように抱き締める。

「もうやめて……お願い……」

客席に、一瞬にして白けた空気が漂い始めた。

「な、なんだね、君は？」

慌てた司会者が美緒に訊いてくる。

「あ、あの……わ、私……」

美緒は急にしどろもどろになった。教官を助けたい一心で無我夢中で舞台に駆け上がってきたものの、いっせいに突き刺さる冷ややかな視線に、身がすくんだ。

（ど、どうしよう……）

戸惑っていると、堂本がこちらに向かってくるのが見える。

「私の連れが大変申し訳ありません」

舞台に上がった堂本が、美緒の無礼を詫びた。司会者に何か耳打ちをしている。

「ほう、なるほど」

司会者は満面の笑みでマイクを握った。

「皆様、こちらの方がお詫びのしるしに素晴らしいご提案をしてくださいました。ただ今から、この娘がお仕置きをさせて頂きます！　何を隠そう、この娘は矢野ひとみ

の教え子であります！」

「ほう！」

「素晴らしい！」

白けたムードが瞬時に盛り返しを見せた。

（えっ！……いやよ……いや！）

目が合うと、堂本はニヤリと頷く。

「わかっているな。やらないと里沙子も公開折檻だ」

笑顔を崩さぬまま口にする非情なまでの言葉。

（ああ、どうしたらいいの？）

客の視線が美緒に集中している。これから起こるタブーな光景に、皆心躍らせているのだ。

ムチが手渡された。

「それでは宜しくお願い致します！」

司会者の無情な声が響く。

美緒にはできなかった。当然だ、恩師を鞭打つなんて到底できない。しかも、教官はもう十分むごい責め苦を受けているのだ。これ以上の仕打ちができるはずがない。

虚脱した美緒は、その場にガクンと膝をついた。

「できません……私には無理です」

客席からザワザワと不満の声が漏れてくる。

「まったく、美しい師弟愛ですね」

司会者がわざと茶化すように言うと、会場から苦笑が聞こえてきた。

「ただし、できない場合は、お連れの女性がお仕置きの対象になるようですが、それでいいのですね?」

「ウッ……」

美緒は青ざめた。堂本はやると決めたら里沙子にも容赦しないだろう。どちらにしても、美緒にとって大切な人が犠牲になるのは目に見えている。

(どうしたらいいの……)

苦しい決断を迫られた。場内の客たちは、ことの成り行きを今か今かと待っている。

「アゥ……」

その時、ぐったりとしていたひとみの声が響いた。

「教官!」

血の滲んだ頬を両手で包み込むと、ひとみの弱々しい視線は真っすぐ美緒に向けら

れた。

「教官、わかりますか？　美緒です。七瀬美緒です！」

「ウゥ……」

ひとみには美緒の存在が分かったようだ。声が一段と柔らかくなった気がする。

「教官……」

嬉しさと同時に悔し涙があふれだした。傷ついた躰にムチを打たせて、それを見せ物にするなんて許せない。あまりにも悪趣味すぎる。

（こんなに傷だらけになって……）

だが、一番許せないのは、どうすることもできない自分自身だ。腹立たしくて歯痒くて、美緒は唇をギュッと噛み締めた。

「ミオ……」

「あっ、教官……教官ッ！」

猿ぐつわが少し緩んだのだろうか、ひとみが美緒の名を呼んだ。

「ハ、ヤ……ク……」

「えっ？　教官、なんて？」

「ハヤク……ヤッテ」

ひとみが絞り出すように言う。

「私にはできません……」

「ヤッテ……」

真剣な眼差しが美緒に突き刺さった。

こんな状況下にあっても、一瞬だが、ひとみに喜悦とも恍惚ともとれる表情が浮かんだのを、美緒は見逃さなかった。

「オネガイ……」

その目は「やりなさい」と強く訴えかけている。

しびれを切らした客席が、また騒ぎ始めた。

「オネガイ……ミオ……」

「ああ……教官」

美緒はしゃくりあげていた。かつての恩師と、まさかこんな巡り合わせになるなんて、悪魔の所業としか思えない。胸が張り裂ける思いでフラフラと立ち上がった。

今はこうするしかない。

「教官！　許してください！」

振り上げたムチを、心を鬼にして打ちつける。

「ウウッ！」

悲鳴とともにひとみの躰がしなった。太腿に当たったのだろう、裂けた肌の上に新たな朱線が刻まれる。

客席からわずかにため息が漏れた。

「さあ、もっと続けてください。手加減すると、お連れの女性の安全は保障できませんよ」

司会者があおるように叫んだ。

（教官、ごめんなさい！）

今度は躰の中心部に当たり、ひとみが苦しそうに顔を歪めた。

「……もうできません」

「ダメですよ。さあ、どんどん続けましょう！」

司会者の声に共鳴するように、客席も再び盛り上がりを見せる。

（ひどい……ひどすぎるわ）

美緒は啜り泣きながらムチを振るった。衝撃のたびに、ひとみの叫びが響き、心臓をわしづかみにされるような苦しみに襲われる。

いっそのこと心臓を握り潰されて、自分も死んでしまいたい。

どれほどの時間が経ったのだろう。ひとみの声が次第に弱まってきた。一撃ごとの反応も最初に比べかなり減っている。

「もう……もうできません……教官が死んでしまう」

ムチを落とした美緒は、舞台にうずくまった。

ひとみはもう目を開ける余力さえもないようだ。渇いた呼吸音だけが虚しく響いている。

「皆様、もうよろしいでしょうか?」

司会者が客席に伺いを立てると、ぱらぱらと拍手が返ってきた。

「ありがとうございました。客席にお戻りください」

美緒は放心状態のままひとみを見つめている。

ぐったりしたひとみは、医師らしき男性に脈拍を計られていた。「大丈夫だ」と頷いた医師の指示で男たちが奥へと運んでいく。

(教官……ごめんなさい……ごめんなさい)

むせび泣く美緒の肩を抱きかかえるように、里沙子が席に連れ戻す。

「せ、先輩……教官が……ウウッ……」

里沙子は何も言わず美緒を抱き締めた。今はどんな励ましも、美緒の心を和らげる

ことなどできないと知ってか、ただ抱き締めている。

美緒は肩を振るわせながら、ひたすらひとみの身を案じた。

3

「それでは、本日のメインイベント、オークションを開催したいと思います。ご希望の方は、こちらのオークション席へお越しください」

司会者が言うと、希望者らしき大勢の客が舞台正面の席に移動し始めた。ボディーガード風の助手が、パネルらしきものを配っているのが見える。

しゃくりあげる美緒は里沙子の肩にもたれかかったまま、先ほどの光景を反芻していた。

（教官……）

涙が止まらない。里沙子の腕が震える躰をきつく引き寄せた。

「美緒、よく見ておけ。お前もいずれこの舞台に立つんだぞ」

堂本が隣で冷淡に言い放った。

（そうだったわ……私もいずれオークションに出されてしまう）

ひとみの哀れな姿とこれからの自分の運命に、美緒は永久に這い上がることのでき

ない深くて底知れぬ地獄へと、まっ逆さまに突き落とされたような、恐怖とおぞましさを躰中に覚えた。ギュッと両ひざをつかんだ十本の指先は、もはや血が通っていないと思えるほどに冷たく痺れている。

「皆様！　今回も東京、大阪、福岡から選りすぐりのＣＡ三名をご用意致しました。どの娘も、自信を持ってご紹介できる美女揃いでございます。とくとご覧ください。まずは一人目です」

会場の照明が落ちると、舞台のスポットライトの中に制服姿のＣＡが現れた。

（あ、この人見たことあるわ……ＣＡ雑誌に何度も載っているはず）

少女のように可憐なロングヘアーの女性だった。黒目がちの瞳とふっくらした唇が印象的だ。

「高倉《たかくら》アリサ、二十四歳。過去にモデル経験があります。学生時代は新体操をやっておりました。入社四年目、現在は大阪ベースのＣＡです」

大勢の前に晒されたアリサは、不安を隠せないらしい。いやらしい視線に耐えながら、懸命に自分を奮い立たせている感じだった。後ろ姿も見たいと言う客に指示されるまま、その場でゆっくりとターンをする。

観覧席の客たちは三百六十度からじっくりと眺め、メモを取ったり頷いたりと、そ

れぞれが品定めをしているようだ。

「それでは、脱いで頂きましょう」

アリサの顔が急に強ばりを見せた。

「えっ、脱ぐなんて……私、聞いていません」

「おや、説明を聞いていなかったのですか？　まさか、このままの姿であなたに大金を払うなんて……いくらなんでも、そんなことは思っていませんよね」

司会者が皮肉めいた笑みを浮かべる。

「そ、そんな……せめてご主人様が決まってから……」

「ダメです。あなたはもう白ユリ会の商品なのです。お客様には、商品を買って頂く前に十分吟味して頂く。さあ、脱いでください」

「あぁ……」

うなだれたアリサが制服のボタンに手をかけた。ジャケット、ブラウス、スカートが一枚一枚震える手で取り去られていく。

（ああ……私もいずれここで裸になるなんて……）

美緒は、近づきつつある自分の姿と重ね合わせた。

アリサは、淡いピンクのブラジャーとパンティだけになった。

可憐な顔立ちに似合わず、グレープフルーツのようなたっぷりとした乳房に、客たちは目の色を変えている。恥ずかしそうに頬を染めたアリサの胸の谷間は、熱いライトと緊張のせいか、玉の汗が吹き出している。それが時折流れ、きめ細かな肌に幾筋もの線を描き、たまらなくセクシーだ。

腰から続くなだらかなヒップはキュッと引き締まり、ほどよく筋肉のついた太腿と長い脚が眩しすぎる。

女性の美緒でさえも、その美しい躰に触れてみたいと思うほど、アリサは全身からあふれる魅力を放っていた。

「皆様、いかがでしょうか？　この豊満な谷間。このくびれ。新体操経験者ですから、アソコの締まり具合も抜群でございます。」

客席は、アリサの色香に肉情をあらわにしていた。

「それでは、全部脱いで頂きましょう！」

司会者が声を張り上げた。

客席もいっせいに注目する。

アリサはためらいながら背中のホックに手を回した。始終伏し目がちの瞳が妙に色っぽい。しきりに瞬きをする戸惑うような仕草は、まるで、犯してくださいと訴えて

いるようだ。

ブラのカップを支えた手が解かれると、丸みを帯びた瑞々しい乳房がぷるるんとこぼれ出た。

「オオ、美しい」

皆口々に絶賛している。やはり男性にとって、女性の乳房は重要なパーツなのだろう。張りのある豊満な乳房で、薄紅色の乳輪の中心には、小さめの乳首が桜の蕾のようにピンと勃っていた。

「いかがでしょうか。では、パンティもお願い致します」

「ああ……」

眉間にシワを寄せ屈辱の表情でパンティをおろすと、少しブラウンがかったヘアが顔を覗かせた。二十四歳の初々しいワレメを覆っているそれは、見るからに柔らかそうで、ほのかな石鹸の匂いまで香ってきそうなほど清らかだ。

生まれたままの姿になったアリサは、大勢の男たちのなぶるような視線に必死に耐えているようだった。

「では、座って脚を開いてください」

「えっ……？」

アリサはうろたえた。当然だ。大勢の客の前で、もっとも恥ずかしい姿を晒さねばならないのだから。

「そんなこと……」

「おや、このことも聞いていませんか？　おかしいですね。ここが商品として一番アピールできるところなのですよ。さあ！」

「ァ……」

アリサは消え入りそうな声でうつむいた。

（こんなことまでさせられるなんて……）

美緒はギュッと唇を噛む。

「さあ、お願い致します！」

アリサは震える躰でその場に腰をおろした。新体操で作り上げた極上の美脚を、おずおずと開いていく。

「あっ……あ……」

恥ずかしくてたまらないのだろう、押し殺した声がかすかに響く。

「そうです。さあ、もっと開きましょう」

オークション席のねっとりとした眼差しが、アリサの恥肉に突き刺さった。

「もっとです!」

容赦ない声が飛び、見事なM字開脚が披露された。

「どうです、この素晴らしい眺め!」

客席は一気に昂ぶりを見せた。

ふっくらとした恥丘から続く花園は、鮮やかなピンク色でしっとりとぬめっていた。年齢の割には、まだ男性経験が少ないのだろう。小ぶりの花びらは、まるで高級なフリルのように美しい。花びらで大切に包み隠された一粒真珠のようなクリトリスが、かすかに見えている。

「ウッ……ウ……」

アリサは涙目で耐えていた。

「さあ皆様、先ほどお配りしたリモコン型パネルで金額をご提示ください。最高入札値のお客様が落札できます」

客たちが色めき立ってパネルを操作し始めた。

(これがオークション……)

美緒は汗ばんだ手で、里沙子の腕を握り締めた。

「結果が出ました。Dボックスのお客様、落札ありがとうございます」

落札者が得意げに立ち上がった。仮面の上からではっきりと分からないが、六十代くらいだろうか、恰幅のいい男性だ。男性は舞台に上がり、かしずいたアリサととも に舞台奥に消えていった。

（こんなふうに扱われるなんて……）

美緒は絶望的な気持ちになった。

「本日の二人目です」

司会者が再びマイクを握った。

「橋田梨奈、二十二歳。この美貌は、昨年のＣＡカレンダーにも掲載されました。入社二年目、東京ベースのＣＡです」

（梨奈！　梨奈がどうしてオークションに……？）

美緒は唖然とした。まさかという思いで、じっと目を凝らす。

制服姿の梨奈は、先ほどのアリサと違い、もう覚悟を決めたように堂々としている。

「キャ、キャプテン、あのＣＡ……」

美緒はおそるおそる呟いた。

「どうかしたのか？」

「私の……同期なんです」

「ああ、またしても美緒の知り合いか。詳しいことは知らないが、恋人のミス、それも不正を正そうとしたことが原因で、会社に多大な損失を負わせてしまったらしい。その穴埋めだ」

「えっ？」

梨奈の恋人で商社に勤める三十歳の望月《もちづき》とは何度も面識があった。

学生時代にアメフトの選手だった彼は、スポーツマンらしいがっちりした肉体と、人懐っこい笑顔が印象的な正義感の強い男性だ。英会話スクールで知り合った二人は、お互い四国出身ということもあり意気投合したらしい。「いずれは彼と結婚したいの」と幸せそうに微笑んだ梨奈の横顔が忘れられない。

「もちろん、男の方はオークションのことを知らない。自分の恋人を救うルートを探し当てた橋田梨奈が、勝手にやっていることだ」

とはいえ、組織が一人でも多く「商品」を増やそうとして、不祥事やスキャンダル探しにやっきになっていることは美緒にも予想がつく。

美緒はステージを見つめた。梨奈はもうすでにランジェリー姿になっている。

うっすらと微笑みをたたえているが、その笑顔の下にはどれほどの苦悩と涙が隠されていることだろう。

（まさか、梨奈がこんなことになっていたなんて……）

梨奈の裸が晒されると、美緒はもうまともに見ることができなかった。

「いかがでしょうか？　カレンダーに載ったＣＡは、毎年かなりの注目を集めております！」

司会者が客の競争心をあおる。

帝都航空では、毎年現役ＣＡのカレンダーを販売しており、それに載ることは非常に名誉なことだ。当然のように白ユリ会でも高く評価される。

（いやよ……梨奈が買われていくなんて）

客のリクエストに応じて、梨奈はセクシーなポーズを取り始めた。両手で乳房を揉み揺すったり、後ろ向きになって尻をぷるんと突き上げる。

カレンダーで微笑む清楚な姿とのギャップに、客席は沸き上がった。

「あの度胸のよさはすごいな。高い値がつきそうだ」

横では堂本がしきりに感心している。

（梨奈、イヤよ……もうやめて）

客席から「オナニーを見せてほしい」との要望があったようだ。一瞬、怯えた表情をした梨奈だが、すぐに舞台に腰をおろし、しなやかな脚を惜し気もなく広げた。

(やめて……お願い)

しっとりとぬめるピンクの柔肉が現れた。

片手で乳房を揉み、もう一方の手の中指と人差し指が、ゆっくりと女陰の周りを蠢いている。

ほっそりした指先が桜貝のような美肉を撫で上げると、梨奈は誘うような眼差しで、目の前の男たち一人一人に視線を這わせた。

半開きにした潤んだ唇、ピンと硬さを増した乳首を転がす指先。男たちの視線を充分意識したかのような妖艶な姿に、誰もが釘づけになっている。

(梨奈……いやよ)

唾液をまぶした指先がぷっくりと膨らんだクリトリスをいじり始めると、梨奈は、もう我慢できない、という表情で顎をせりあげた。

「あ……ぁん……気持ちイイ」

透明な蜜があふれだした。後方についた左手に体重をかけ、客席に「もっと見て」とでも訴えるように下半身をせりだしている。

美緒は自分の目と耳を疑った。たっぷりと潤んだピンク色の柔肉に、細い指がクチュッと呑み込まれた。根元まで深く押し込み、ゆっくりと引き抜いていく。

「ウ、ウンッ……はァ……」

はしたない粘着音をたてながら、愛蜜でてらついた指が何度も行き来する。尖ったクリトリスと膣粘膜への刺激は、さらに粘液の量を増したようだ。先ほどよりも、指先がよりスムーズな動きを見せている。

「う……イキそう……」

誰もが息を呑んだ。

決して見るまいと思っていた美緒も、もう目を逸らすことなどできない。

「アッ、アッ……ウッ……イ、イッちゃう……アウウッ！」

梨奈は長い喘ぎ声を漏らしながら、せりあげた腰をびくんびくんと痙攣させた。とうとう達してしまったらしい。客席から称賛にも似た静かなざわめきが聞こえてくる。指を抜かれた蜜壺からは、トロリとした体液が滴り落ちた。梨奈は陶酔した表情で舞台に横たわったままだ。

ぐったりする姿を横目に、司会者が舞台に現れた。

「いかがでしたでしょうか？　橋田梨奈のオナニーショー、存分にご堪能頂けたでしょうか？　では、金額をご提示ください」

客席が興奮に沸く中、美緒だけはずっと梨奈を見つめたままだ。閉じた瞳の端がわ

ずかに光ったのを、美緒は見逃さなかった。

（あっ、梨奈が泣いてる……梨奈……ああ）

「決まりました。高値で落札されたようです。Rボックスのお客様、おめでとうございます！」

梨奈を落札したのは白人男性だった。両隣りの男性と笑顔で握手を交わし、嬉々として仮面を外し、舞台へと上がる。

「ほお、あれはVエアラインの会長だぞ。SM好きで有名だ」

「えっ、SM……？」

堂本が外資系航空会社の名を口にした。

主人となった男性に抱き起こされ、ふらふらと去っていく梨奈を見つめながら、美緒は虚しさとやりきれなさで、胸が締めつけられそうだった。

「SMだなんて、梨奈の躰が……」

「高値で買われたんだ。恋人を救うとなれば、それでよかったのかもしれない。男にとって出世は何よりも大切だからな」

堂本は、自身にも言い聞かせるように呟いた。

「そんな……」

白人男性の慰み者になる梨奈の姿が、いやでも脳裏に浮かんでしまう。

「ほら美緒、次のオークションだ」

美緒の心配をよそに三人目の紹介が始まった。

福岡ベースの二十五歳のCAだ。ドイツと日本のハーフらしい。抜けるような白い素肌と栗色のロングヘアーが魅力的だ。新たな美女の登場に客席も魅了されている。

(大丈夫かしら……)

美緒は梨奈のことが頭から離れない。

あのしっかり者の梨奈が大勢の前で裸になり、オナニー姿まで晒したことが信じられなかった。まさか自分と同じ境遇に立たされていたとは……。

美緒は声を押し殺して泣いた。

「美緒、大丈夫?」

舞台を見つめたまま、里沙子が手を握ってくる。

「先輩……」

美緒もギュッと力をこめた。

舞台のCAはすでに裸になっている。ミルク色の肌と、髪よりも一段濃い栗色のアンダーヘアが艶めかしい。乳輪は色素の薄いサーモンピンクだ。上品さと優美な曲線

を描く豊乳が揺れている。

（梨奈、今頃どうしているのかしら……）

　ＣＡはアナルを晒し始めた。アナルセックス好きな客がリクエストしたらしい。ぷるんとした双臀のあわいに、菊の蕾のようなすぼまりが見える。

（あんなことまでさせられるなんて……）

　この光景を、いやでも未来の自分と重ね合わせてしまう。

　三人目も落札されたらしい。落札した客は何と妻同伴の男性だった。五十代くらいの夫婦だろうか、高そうなドレスを身にまとい、一目で裕福な暮らしぶりが窺える。妻は満面の笑みで、落札したＣＡの頬を撫で上げた。まるで、極上のペットを手に入れたとでも言いたげだ。

　あのＣＡも夫婦の玩具にされてしまうのだろう。美しい躰をもてあそばれ、未開発の部分を責められ、ありとあらゆる恥ずかしい行為をさせられるのだ。

（私もいつか……）

　絶望的な気持ちのまま、パーティーは終わりを迎えた。

　再び目隠しをされ長い道のりを車で走る。帰宅した頃にはもう夜が明けていた。

　あれから梨奈はどうしたのだろう。そして教官も……。

ベッドに倒れ込んだ美緒は、梨奈の涙の跡を思い浮かべながら、目の端を潤ませているものを指先で拭った。耳に張りついた客のざわめきが、不快な耳鳴りのように、いつまでも鳴りやまずにいた。

4

三週間後、美緒はステージの袖に屈強そうなボディガードにつき添われて、待機していた。

（ついにこの時が来たんだわ……）

紺のスーツにピンクのスカーフ、グレーの制帽姿は普段のCAの制服と何ら変わりないが、スカートだけは強制的に膝上二十センチものミニ丈にされてしまった。

今にもヒップが見えそうな制服に身を包んだ美緒は、悲痛な面持ちでその瞬間を待ち構えていた。

「それでは、本日三人目のCAです！」

司会者が声を張り上げる。

「七瀬美緒、二十二歳！」

美緒はボディガードに促されて、一人でステージに進み出た。

まばゆいばかりのスポットライトと、観客の視線をいっせいに浴びて、目が眩みそうだ。司会の男は、得意気に美緒のアピールポイントを説明しているようだが、緊張と恐怖に震える美緒の耳には、全くそれが聞こえない。全身が極限まで火照り、血液が沸騰していくようだ。

これが現実だとは思えなかった。

あのパーティーからしばらくは、美緒は堂本が用意したエステティシャンの手で肌を磨き抜かれた。同時に里沙子の愛撫を受けて、女としての感性を開発された。

そして十日後には、堂本から「次回は美緒のお披露目だ」と連絡が入った。覚悟していてもいざ知らされると、あの狂気的なオークションの記憶がよみがえり、今にも胃液を吐いてしまいそうなおぞましさが、美緒の総身を襲った。

写真の件だけには留まらず、堂本は何かにつけて「抵抗すると里沙子も公開折檻だ」と脅してくるのだ。抗ってみても、無意味なことは分かり切っている。

(ああ、熱いわ……)

肌が焼けつきそうなほどじりじりと照らしてくるライトに、美緒は我に返った。

客席には無数の白い仮面が蠢いている。皆妖しげな笑みを浮かべ、空洞になった双《そう》眸《ぼう》の奥から舐めるような視線を這い巡らせているのが分かる。

「七瀬美緒は白ユリ会幹部の推薦により、入会して二カ月目という異例の早さでオークションに出ております。どうぞ、お客様好みにご調教ください」

司会者の言葉で、客席の空気が変わった。

他人の手垢のついていない獲物を、自分好みにしつけられるとあって、客たちはさらに色めき立っているようだ。

（こんなふうに買われていくなんて……）

客席では堂本と里沙子も見ていることだろう。もしかしたら、新しい主人とともに梨奈もいるかもしれない。

あの日以来、梨奈とは連絡が取れていない。携帯電話やメールボックスにメッセージを入れても、まるで美緒を避けているかのように返答はなかった。一度だけ移動中のクルーバスでその姿を認めることができたのだが、遠目で見る梨奈は、心なしか表情が暗く沈んでいるように感じられたのを覚えている。

指示されるまま、美緒は制服を脱ぎランジェリー姿になった。

この日のために堂本が用意した清楚な純白のランジェリーは、高級なレースに本物の真珠と銀糸の刺繍が施されている。

美緒が高く落札されることは、堂本にとっても自分の評価を高めることになるのだ

ろう。

「それでは、全て脱ぎましょう！」

司会者の無情な声で、美緒はおずおずと下着に手をかける。

大勢の仮面たちに見つめられながら、時折、諦観を匂わせるように視線を落とし、まるで花びらが一枚ずつ散っていくように、ついに美緒は肌を晒した。

「いかがでしょう。この張りのある美しい乳房と太腿。キュッと上がったヒップ！」

美緒の若さあふれる肉体に、会場からため息が漏れた。

熱いライトがなぜかピンと勃った乳首に集中し、焦げてしまうような錯覚を起こす。

恥ずかしさと熱さとで、胸と恥丘を隠そうとつい手で覆ってしまうが、司会者がそれを許してはくれない。

両手を後頭部に組んだ服従のポーズを取らされると、客席左端の男性二人が、にやけながら下半身を指差して何か耳打ちしているのが見えた。薄めのアンダーヘアに関心を寄せているのだろうか。薄い翳りからは、大切なワレメも見えているはずだ。

（いや、いや……）

身を焼かれるような羞恥に襲われて、美緒は太腿をよじり合わせた。

その時、オークション席からM字開脚のリクエストがかかった。すでに、オナニー

やM字開脚、アナル見せは当たり前のように行なわれているらしい。

だが、美緒はできなかった。自分の立場は分かりすぎるほど分かっている。だが、頭では理解できても躰が拒否してしまう。ためらっていると、

「他のCAはみんなやってるぞ」

「非常識だ」

「何様だと思っているんだ」

オークション席から罵声が浴びせられた。

「ほら、何をしている。やるんだ」

司会者に急かされて、

「申し訳ありません、私には……できません……」

美緒は涙目でその要求を断った。いくら売られていく立場とは言え、そこまで堕ちていくことはできなかった。他のCAとは明らかに違う態度に、批判めいた声があちこちから聞こえてくる。

「お、お客様、申し訳ありません！　七瀬は初めてのオークションで……少々緊張しているようでございます」

慌てた司会者が取りつくろう。

（できないわ……）

「不愉快だ！　私は帰る」

突然、オークション席の男性が憮然として座を立った。パートナーの女性を連れて別室へ立ち去る客も見える。

「お、お客様……只今リクエストに……」

おろおろする司会者を横目に客席を見渡すと、中央付近に堂本の姿を見つけた。かなり怒っているだろう。横では里沙子が心配そうにこちらを眺めている。

（先輩、ごめんなさい……私にはできない）

ぞろぞろと退席者が続き、会場の客は半分ほどに減ってしまった。不満をあらわにする者、この先どんな展開になるのかと好奇心に駆られて居座る者と様々なようだ。

「で、では、入札に移らせて頂きます。金額をご提示ください」

残った者だけでの落札が始まった。

（ああ、ついに買われてしまう……）

美緒は祈るような、死刑宣告を受けるような気持ちで、その時を待った。

「Bボックスのお客様！　落札ありがとうございます!!」

不精髭の目立つ大柄な男性が立ち上がった。他の落札者と違い、笑みも浮かべずに

鋭く真っすぐな視線を美緒に投げかけてくる。

（ああ……あの人が私のご主人様……あの人が……）

おそらく五十代だろう。威風堂々として、どこか懐かしさを感じさせるような、朴訥とした雰囲気を匂わせている男だった。

（ついに……私も）

その瞬間、張り詰めていた緊張の糸が切れて、美緒は舞台に崩れ落ちた。

☆1 【期担教官】期の担任教官（一期につき、二名ほど）。

第五章　硬い凶器

1

「う……ん」

土の匂いの漂う中、美緒は深い眠りから目覚めた。

（ここは……？）

いつの間にかベッドに寝かされていたらしい。窓から柔らかな日差しが差し込んでいる。

（私……どうしていたの？）

途切れた記憶の糸を懸命にたぐり寄せる。ステージで倒れた美緒は控え室で気がついてからも、動顛して泣き喚《わめ》いた。すると、白衣に身を包んだ男に注射をされた。

鎮静剤か睡眠薬だったのだろうか、しばらくして耐えられない睡魔に襲われ、眠りの底に吸い込まれていった。

（あの男性に落札されたのだから、ここは当然、あの男性の部屋？）

ふらつきながらもベッドから起き上がると、目についたのは何体もの裸像や頭像だった。おそらく等身大だろう、みな若い女性ばかりだ。

天を仰ぐ姿、うずくまる姿、意志ある表情……。芸術に疎い美緒でも、その迫力ある作品に心をゆさぶられてしまう。

「やっと起きたようだな」

裸像の陰から、記憶が途切れる寸前に見た、あの山男のような武骨な風貌の男性が現れた。

「あっ……」

美緒は自分が素肌を晒していたことを思い出し、とっさにシーツを首元まで引っ張り上げた。

「大丈夫だ。手伝いの女性に着替えさせた」

この男性のものだろうか、美緒は大きめの生成りのワイシャツをまとわされていた。下着はつけていない。ワイシャツの裾を引きおろし、襟元をよじり合わせて聞いた。

「あ、あの……ここは……？」

「ここは私のアトリエだ」

「アトリエ……」

室内を見渡すと、広々としたフローリングの部屋には作業台があり、ノコギリや金づち、木べらなどが並べられている。ドア付近の壁には大きな鏡が嵌め込まれ、奥には小上がりが見える。窓はあるが、曇りガラスのため周囲の様子を窺うことはできないようだ。

芸術家らしいその男は、汚れたグレーの作務衣《さむえ》で作品に取りかかった。粘土で作られた少女の裸像を木べらで整えている。

（この人が、ご主人様になる男……）

節の目立つ浅黒い手をじっと見つめた。

男性は寡黙だった。美緒には目もくれず、立像に命を吹き込むように懇々《こんこん》と作業を続けている。話しかけてはいけない気がした。聞きたいことは山ほどあるのに、今は男性の集中力を中断させてはならないと思った。

どれくらい時間が経っただろう。木べらを置いた男性がイスに腰をおろし、美緒をじっと見つめた。

「これから三週間、お前はここで暮らすんだ。フライトにもここから通ってもらう」

「ここから……？」

「そうだ。聞いていないのか？　落札されたCAは最低三週間、客と過ごさなければいけない。必要な物があれば、会の人間が手配する。お前が黙ってさえいれば、周囲にも秘密が漏れることもない。」

「で、でも……」

「お前は私に買われた身だ。従ってもらう」

男性は美緒をじっと見つめた。真っすぐに向けられた目は、まるで厳しい自然の中で生きる誇り高い狩人のように、鋭さをたたえている。

その時、ノックの音が鳴った。

小柄でほっそりした女性が顔を出す。歳は三十くらいだろうか。

「石神《いしがみ》先生、現代彫刻センターの丸山《まるやま》様がおみえですが」

「わかった。すぐに行く」

そう答えて、男性は腰を上げた。

（石神……？　彫刻家……）

頭の中でふたつが重なり合った。

「も、もしかして……あなたは……彫刻家の石神仁《じん》先生なのですか？」

「そうだ」

男性は素っ気なく答えて出ていった。

石神仁……あまりにも有名な彫刻家だ。数多くの彫刻コンクールで受賞し、美術館や劇場など様々な場所に作品が展示されている。帝都航空のビルにも、系列ホテルのロビーにも飾ってあったはずだ。

（石神仁が私のご主人様……）

意外だった。自分を買う相手はどこかの会社の役員のような男だと勝手に想像していた。それが彫刻家だとは……。

だいたい、石神のような芸術家が白ユリ会のメンバーであることが信じがたかった。実際、今思うとあのオークション会場で見た男たちの目とは、どこか違っていたような気もする。

一人になった美緒はベッドから出て、太腿までしかないワイシャツの裾を引っ張りながら室内を歩き回る。

（これが彼の作品……）

十体ほどある裸像と対面する。ポーズや表情こそ様々だが、活力に満ち、時に悩み

や苦悩が潜み、そのどれもが人間の生きる叫びのように感じた。

(ここでたくさんの女性が肌を晒したのかしら……?)

物言わぬ像の中にたたずんでいると、内なる声が聞こえてくるようだ。数々の名作を生み出したこのアトリエには、たくさんのモデルが足を踏み入れたのだろう。あの太い腕に抱かれた女性もいるかもしれない。そして、美緒もいずれ抱かれるはずだ。

その時、男の太い声がした。

「何か感じるか?」

振り向くと、いつの間にか背後に石神が立っていた。ほのかな汗の匂いを漂わせた石神が裸像を眺めながら続けた。

「彫刻というのは、周囲の空間を支配する力を持っている」

「支配……」

「私はまた新たな作品を手懸ける。次はお前を創るつもりだ」

「私を……」

「そうだ。そして……」

石神は美緒を真っすぐに見つめた。

「ここではずっと裸で過ごしてもらう」

「えっ……?」

「このアトリエでは一切何も身につけてはならない。裸になりなさい」

石神の目がさらに鋭く光った。

美緒はためらいながらボタンに手をかけていた。不思議だった。この男に、射すくめられると、とても逆らう気にはならない。従うのが当然という気持ちになる。

Yシャツを肩から落とすと、石神の視線が全身に突き刺さってくる。

いくらオークションで裸を見られていても、柔らかな陽光が注ぐ二人きりの空間でじっと肌を見つめられるのは、たまらなく恥ずかしかった。

美緒を立たせたまま、石神はあらゆる角度から眺めている。

この男は自分を彫刻のモデルとして見ているのだろうか? それとも、性欲の対象として?

重苦しい時間が刻々と過ぎていく。

美緒の震える呼吸と、木床を踏みしめるたびにする石神の静かな足音が、簡素な室内に響く。何もされずただ見つめられることが、こんなにつらいことだとは知らなかった。

「美しい曲線だ」

正面に回った石神があがめるように目を細めた。視線が絡み合うと、美緒は自分がどんな表情をするべきか戸惑った。心臓がトクンと大きく響く。

コンコン……ノックの音で静寂が破られた。

「お食事をお持ち致しました」

「入りなさい」

盆を持った女性が入ってきたので、美緒は「イヤッ」と、とっさにしゃがみ躰を丸めた。

「何をしている。紹介する、身の回りの世話をしてくれている桐子《きりこ》だ」

「初めまして。桐子です」

温かな笑顔が美緒に向けられた。小柄でほっそりした躰つき、化粧っ気のない肌と一つに結わえた黒髪が魅力的な女性だ。

「美緒だ。新しい作品のモデルだ」

石神が桐子に紹介するが、美緒は恥ずかしさでしゃがみ込んだまま、顔を上げることもできない。エプロン姿の桐子は、そんなことなどまるで気にもかけぬように、食事の盆やお茶を運んでいる。

「お食事、お口に合うかわかりませんが、召し上がってくださいね」

美緒の気持ちを察してか、桐子はそう言ってすぐに立ち去った。

「食事だ。お前も恥ずかしがってないで、こっちに来なさい」

すでに石神は小上がりであぐらをかいている。美緒はためらいながらゆっくりと躰を起こし、胸とヘアを手で隠しながら小上がり前に立った。

「食べるぞ」

躊躇する美緒に低い声が促してくる。石神の前には盆が二つ向かい合わせに置かれており、野菜の煮物や焼き魚などが器に美しく盛られていた。

「あ、あの……食事もこのままでするのですか……？」

「そうだ」

石神は料理に手を合わせ、箸をつけ始めた。

「何をしている。早くしなさい」

「は……はい……」

美緒はさり気なくアンダーヘアを隠しながら、小上がりに片足をかけた。足を上げる瞬間、恥ずかしい箇所が見えてしまうかもしれない。見えた瞬間、押し倒されるかもしれない。先ほどからそのことばかりに気をとられてしまう。

いる。戸惑いながら美緒は盆の前に正座をした。

（どうしよう……）

だが、石神は美緒には一瞥《いちべつ》もくれず、湯気の立った味噌汁を美味しそうに味わっている。

「い……いただきます」

石神の視線を気にしながら、美緒は手を合わせる。

食事は、桐子のささやかな心遣いがなされていた。

蝶や花をかたどった人参や大根。皮の部分に「寿」と掘られたかぼちゃの煮物。まるで、美緒の緊張を和らげてくれるかのように、ひとつひとつ趣向を凝らし、丁寧に作られているのが分かる。

だが、美緒には料理を味わう余裕などなかった。

お椀を持った手の横には剝き出しの乳房が震え、下方にはヘアが見える。目の前には作務衣を着た石神が、裸の美緒を気にする様子もなく食事をしている。

気にしている美緒の方が、むしろ滑稽なくらいだ。

（この人、一体どんな人なの……？）

分からない。石神は何を考えているのだろう。裸の女性を目の前にしても手を出そうとしない。少なくとも、美緒にとっては出会ったことのない人種だった。

「ちゃんと食べておけ。先は長いぞ」

「……はい」

先は長い……。そう、フライト勤務をこなしながらとはいえ、三週間もの時間をこの男と過ごさなければならないのだ。

咀嚼《そしゃく》と嚥下の音が響いてくる。美緒の躰もいずれこのねっとりとした唾液にまみれ、隅々まで舌で探られてしまうのだろうか。

食事とは名ばかりの、不安と羞恥に満ちた時間が過ぎていった。


「そこに立ちなさい」

食事を終えると石神は美緒をアトリエの中央に立たせ、デッサンを始めた。

言われるままにポーズをとる美緒のあらわな肌をスケッチブックに描出していく。

心の奥までも見透かされてしまいそうなほど、熱く鋭い眼差しは、まさに創造し表現する芸術家ならではの純粋さと情熱に満ち満ちているようだ。

(この人……)

美緒はポーズを取りながら石神を思った。

(私の躰には興味がないの?)

複雑な思いが交錯する。落札されて奴隷と化したのだから、それなりの覚悟はしていた。だが、石神は美緒をモデルとしてしか捉えていないようだった。

石神の瞳はスケッチブックと美緒を往復するのみだ。静かなアトリエに、サラサラとコンテのすべる小気味よい音だけが響いていた。

（まだかしら……）

窓から射す日が傾き始めていた。

時計のないこのアトリエでは、日差しだけが唯一時を計る目安になっている。おそらく、もう夕暮れ時だろう。

腕がつらくなって、美緒は少しだけ躰の重心をずらした。

「動くな。もうすぐだから我慢しなさい」

「は、はい……」

同じ姿勢を保つのはかなりつらいことだ。恥ずかしさは幾分薄れていたが、三週間もの時間をここで過ごさねばならないことを思うと、美緒は不安と喪失感で胸が張り裂けそうだった。

オークションで買われていった梨奈たちはどうしているだろう。同じように心を痛

め、苦しみ、そして最後には絶望のため息にたどり着くのだろうか。

石神が「よし」とスケッチブックを閉じた頃には、窓の外はもう日が落ちて夜になっていた。不思議なことに、外部からの音はほとんど聞こえてこない。

ここがどこなのかさえ、美緒はいまだ分からずにいた。

「もうすぐ桐子が食事を運んでくる」

そう言って石神は部屋から出ていった。

一人になった美緒は、石神の置いていったスケッチブックをそっとめくった。

これは……思わず身震いがした。

そこには、気高く美しくたたずむ美緒が何枚も描かれていたのだ。

ボブヘアの光沢、乳房の膨らみ、腰のくびれ、鎖骨、憂いを帯びた視線。どれもが神々しく、それでいてはかなく、人間の強さともろさが伝わってくるようだ。

(すごいわ……これが私……)

山男のような風貌からは想像できないほど繊細な描写だ。石神の揺るぎない才能と実力に圧倒されてしまう。美緒は時が経つのも忘れて、その絵に見入っていた。

「デッサンは技術ではなく、精神的な強さを身につける大切な勉強なんだ」

振り向くと石神が立っていた。

後ろには料理を持った桐子もいる。桐子は軽く会釈をしてきたが、恥じる美緒はまだ挨拶をためらってしまう。

「さあ、食事だ」

昼間と同じように二人きりの食事が始まった。裸のまま行儀よく正座する美緒と対峙した石神は、黙々と料理を平らげていく。

美緒は料理を味わう余裕など、まだ持ち合わせていなかった。

憂鬱な食事の時間が過ぎていく。

2

「シャワーを浴びなさい」

ついに来た。

その言葉を聞いて、美緒はいよいよ最大の試練が訪れたことを確信した。さっきまでは仕事の時間だった。だがそれはもう終わったのだ。

石神は美緒を好きにできる。美緒も逆らうことはできない。お金で買われたのだから。ならば、石神は当然美緒を抱こうとするだろう。

「風呂場はそこだ」

石神は手洗いの横の、もう一方の薄布の奥を指している。中へ入ると、等身大の鏡が壁にかけられ、棚には清潔なタオルや歯ブラシが用意されてあった。浴槽は石神の躰に合わせたのだろう、大きめに作られていた。

美緒は湯が飛び散らぬよう気をつけながら、シャワーを浴びた。

どうせ躰を奪われるなら、せめて綺麗な躰で抱かれたい。

そう考えている自分に気づき、何を思っているのと自分を責めた。

髪と躰を洗い、風呂場から出ると、照明の落とされた部屋で石神がベッドを整えていた。

上半身には何もつけていなかった。作務衣姿からは知ることはなかったが、厚い胸板は豊かな胸毛で被われ、筋肉質で逞しい体型をしている。

「もう寝るぞ」

「は、はい……」

石鹼の香りに包まれた美緒は、胸を震わせながら床に入った。

石神が美緒の隣に躰を横たえる。鼓動だけが大きく響く中、祈るような気持ちで身を固くした。

(まだかしら……?)

石神はなかなか手を出してこなかった。

初めての夜だから、様子を窺っているのかもしれない。いや、わざと怯えさせて恐怖心をあおっているのだろうか。いやな汗が手のひらに滲んでくる。

不安を抱きながらまだかまだかと待つくらいなら、いっそ早く襲われてしまいたい衝動に駆られてしまう。

（えっ……？）

どれくらい経っただろう。美緒の耳に届いたのは、石神の規則的な寝息だった。

石神は寝てしまったらしい。美緒は狐につままれたような気分になった。

（どうして……？）

美緒は安堵とともに、わずかな失望感に包まれた。もしかして、自分は女性として大切な何かが欠けているのではないだろうか。石神の気持ちを掻き立てるだけの魅力を持ち合わせていなかったのだろうか。

（なぜ……）

安堵と不安が錯綜したまま、なかなか寝つけなかった美緒だが、それでもいつしか深い眠りに落ちていった。

(う……ん)

柔らかな日差しと水しぶきの音で、美緒は目覚めた。快い鳥のさえずりを耳に、ふと横を見ると石神の姿が見えない。

(どこかしら?)

ベッドから降りると、ちょうど石神が風呂場から出てきたところだった。昨日とは違う藍色の作務衣を着ている。

「おはよう。ちゃんと眠れたか?」

「お……おはようございます」

美緒は抱かれなかった戸惑いを隠せずにいた。自分でも浮かない表情をしているのが分かる。

「食事の用意ができている。シャワーを浴びてきなさい」

小上がりには朝食が用意されていた。美緒が寝ている間に、桐子が運んでくれたのだろう。腑に落ちないままシャワーを浴び、朝食をすませた。

石神は昨日と変わらない。

素肌を晒す美緒の羞恥も屈辱もお構いなしにポーズをとらせ、デッサンを続けている。

（なぜ抱かなかったの……？　私はモデルとしてだけ買われたのかしら）

美緒は石神の心の内を知りたかった。

決して抱かれたかったわけではない。だが、モデルとして接する以外は、まるで見慣れた家具と同じように扱う石神に、美緒のプライドが崩されつつあった。

その夜も、次の夜もデッサンをするのみで、石神は美緒に触れることはなかった。

ベッドの中では、野性的な男の匂いが鼻孔を刺激する。目蓋の奥には、逞しい胸と太い指が焼きついていた。

大切にされているのだろうか。それとも全くの無関心なのだろうか。ならばなぜオークションで私を……？

ただ、美緒が感じたのは、オスの本能を掻き立てられない女、男に求められない女は虚しいということだ。

四日目、空回りする気持ちに包まれながら、美緒はフライトに向かった。

本来ならば三日間の勤務だが、石神との契約後の初フライトという白ユリ会の特別な計らいで、大阪に一泊する二日間のフライトに変更になった。

一日目は、羽田→鹿児島→羽田→大阪便に乗務し、大阪にステイ。二日目は、大阪→羽田→千歳→羽田という予定である。

久しぶりにランジェリーと衣服をまとうと、その重みと拘束感、保温性に驚かされる。美緒は制服を身につけ、三日ぶりに外に出た。

（すごい……）

アトリエは離れとなっており、周囲は広々とした庭園で囲まれていた。

敷石が並ぶ十メートルほど離れた場所には、書院造の豪邸が荘厳とした構えを見せている。美しく剪定された立派な松があちこちに植えられ、池の脇には藤棚も見える。おそらく、五月初旬には、水面上に薄紫色の美しい花房が垂れ、芳香を放つのだろう。

築山や捨て石で趣を添えられた庭は、まさに日本庭園と呼べるほどの見事さだった。

（こんなに広ければ、外からの音は何も聞こえないはずだわ）

美緒は、改めて石神の偉大さを知った気がした。

迎えのタクシーは、敷地を囲む高い塀の裏口に横付けされていた。

表向きは、通常の送迎と変わらぬ個人タクシーだったが、後部座席に腰をおろすと、運転席との間には間仕切りがあり、窓もカーテンで遮られている。

発車寸前、スーツ姿の男性が隣に乗り込んできた。おそらく、白ユリ会の人間だろう。

（移動中も監視されているなんて……）

当然、会話など一言もない。息の詰まる時間だが、美緒は久しぶりに外の空気を吸い、少しだけ解放感に包まれた。

石神の住居には、ただただ驚嘆するばかりだったが、もう一つ、驚いたことがあった。

石神を通して、白ユリ会にあらかじめステイに必要な物を伝えておくと、完璧なまでに用意がなされているのだ。どこで調べたのか、ランジェリーや化粧品類は、普段から美緒の愛用しているブランドで揃えられている。

しかも、口紅やアイシャドーの色番まで一致しているのだから驚きだ。私服にしても、美緒の好きなフレンチカジュアルのブランドのものが丁寧に包装されてあった。いかに、白ユリ会が手間と金をかけているのかを思い知らされた。

タクシーを降り、監視役を乗せたタクシーは、そのまま排気ガスを吹かしながら走り去って行った。ホッとしたのもつかの間、客乗に向かうエレベーターに乗り込むと、フライトバッグを持った堂本が、タイミングを計ったように躰をすべり込ませてきた。

「キャプテン……」

「美緒、二日間一緒のフライトだ。宜しく頼む」

フライトが一緒……？　まさか、ここまできてもまだ監視の目が光っているとは。皮肉めいた薄笑いに、美緒は屈辱と居たたまれなさでいっぱいになった。

ブリーフィング中も、フライト中も、気が気でない。何とか業務に集中しなければと、意識のスイッチを切り替えようとしても、内心の動揺は隠しきれない。

不安を抱えたまま、ふと脳裏をかすめたのは石神の姿だった。デッサンの時に見た、あの崇高なまでの眼差しが、今の打ちひしがれた心をわずかに救ってくれる。

（この気持ちはなに……？）

重い心をひきずったまま、何とか初日の乗務を終えた。

大阪市内のホテルに到着したのは、十九時少し前だ。今は何も考えず、とにかく眠りたい。

フライト後、事情を知らない先輩が「せっかく大阪に来たんだから、夕食は串カツでも食べにいかない？」と誘ってきた。

ステイ先には、CA御用達の美味しい店がたくさんある。舌の肥えたCAたちの間で飛び交うグルメ情報は、まずハズレがなく、「あそこに行くなら、絶対あれを食べてみて」と、口コミで広がるのだ。

大阪ステイでは、早い時間帯はたこ焼きやお好み焼きを食べに行くことが多いが、

夕食なら新世界まで足を伸ばして、有名な串カツ屋に行くのがここ最近のブームだった。

美緒も何度か足を運んだが、きめ細かい衣をまぶし、高温でさっと揚げた串カツは、さくさくもちもちとした独特の食感が絶品だった。

香ばしいソースをつけたあの味を思い出し、思わず唾を飲んだ美緒だが、今日はとてもそんな気になれない。

「すみません、今日は体調が悪くて……」

そう断って部屋に入ると、しばらくして備え付けの電話が鳴った。

「俺だ、部屋に来なさい。ルームナンバーは……」

堂本だった。美緒は絶望的な気持ちで受話器を置き、大きく息を吐いた。

(私はこのまま逃れられないのかしら……)

胸の奥に黒々としたものが広がっていく。

憂鬱な気持ちで部屋を訪ねると、裸になるよう命じられる。全く予期していなかった訳ではないが、でも心のどこかで「私はもう買われた身だし、堂本は手を出してこないはず……」と、タカをくくっていたところもあったのだ。

だが、その思いは呆気なく裏切られた。堂本は悪びれもせずセックスを強要してき

た。

　抵抗すると、切り札のように写真をチラつかせてくる。美緒を「大事な商品」と言うわりには、自分だけは我が物顔で蹂躙してくる。その非道なまでの行為に、憤怒に駆られたが、なすすべもなく、結局は言われるままに従うしかなかった。

「ああ……キャプテン……」

　ベッドに仰向けに横たわる美緒に覆いかぶさり、両手首をつかまれる。

「どうだ、石神にたっぷりと可愛がってもらってるか？」

　無意識に逃げる腰を追い詰め、秘唇をペニスが貫いた。

「ウゥ……ッ!!」

　真っ先に浮かんだのは石神の顔だ。気高さと威厳に満ちた表情。節くれだった手指。厚い胸板……。それが、忌まわしいペニスが突き上げるごとに浮かんでは消え、消えてはまたよみがえってくる。

（ああ……早く終わって……お願い）

　汗と体液にまみれ、心も躰も打ちのめされた美緒は部屋に戻った。すでに日付が変わっている。熱いシャワーを浴び、穢れた躰を清めるように何度も何度も、それこそ肌がすり切れてしまうほど、躰中を丹念に洗った。

（こんなこと、いつまで続くのかしら……）

乗務二日目。すでに、大阪→羽田→千歳と2《ツー》フライトを終え、残りあと一便となったまさにその時、堂本は一時間ほどのステイタイム中に、美緒にフェラチオを強要してきた。「後方R側のラバトリーの鏡が曇っているぞ。ちゃんと磨きなさい」などと、もっともらしいことを美緒に言い、清掃をしている途中、当たり前のように入ってきたのだ。

他のＣＡたちは、身だしなみを整えたり次便の用意に忙しく、誰も美緒に気に留める者などいない。

美緒は化粧直しをしたばかりの、グロスの光る唇で、おぞましい肉棒を口に含んだ。

ドア一枚を隔てたキャビンは、清掃を手伝いながら語らうＣＡの笑い声、搭載品を積む音、離着陸する飛行機の轟音であふれかえっている。

「あと十分でボーディング開始です。ラスト便ですから、皆さん気を引き締めて頑張りましょう」

アナウンスマイクを通して、パーサーの弾んだ声が聞こえてくる。

なぜ誰も気づいてくれないの。助けて……助けて……。

思う存分ペニスを暴れさせた堂本は、唇が切れそうなほど陰毛を美緒の口許になすりつけ、射精の体勢へと、めいっぱい腰を押し込んでくる。

そして、生臭い男汁を口内に発射すると、コックピットに消えて行った。

二日間のフライトを終え、憔悴しきった美緒が石神のアトリエに帰宅したのは、夜十時を回った頃だ。足を踏み入れた瞬間、懐かしい匂いが美緒を包み、自分でも分からぬうちに胸の奥から熱いものが込み上げてくる。

涙がこぼれそうになるのを、かろうじてこらえ、わずかに微笑みを作る。

「ただいまフライトから帰りました」

台座らしきものを作っていた石神は作業を中断し、美緒を迎え入れた。

「ご苦労だったな。さあ、制服を脱いで裸になりなさい」

「はい……」

そうだ、このアトリエでは何も身につけてはならないのだ。首元に巻かれたシルクのスカーフを外し、制帽を脱ぎ、ジャケットのボタンに手をかける。

椅子に腰かけた石神がじっと見ている中、さらにブラウス、スカート、ストッキングを、一枚一枚脱ぎ落としていく。

石神は、どんな気持ちで眺めているのだろう。

まだ、単なるモデルを見る芸術家の視点からなのだろうか。美緒のプライドを少なからず傷つけたあの目で……。

(わからないわ……この人の気持ちが)

背中に回した手がブラジャーのホックを外し、窮屈そうに収まっていた乳房がこぼれた。石神が目を細めている。今日こそは石神に抱かれるかもしれない。そのタイミングを虎視眈々と窺っているのかもしれない。

腰をかがめてパンティをおろし、ヘアを少しでも隠そうと身をよじりながら、脚先から抜き取る瞬間も、石神の瞳は決して揺らぐことはない。

(ああ、そんなに見つめないで……)

堂本の下品なまでの視線とは違う崇高な視線は、美緒を昂揚させ、同時に飢餓感を高めてくる。全てを脱ぎ終わった時、美緒の全身は熱を帯び、自分でも火照った吐息を漏らしていることを感じずにはいられなかった。

「シャワーを浴びてきなさい。寝るぞ」

美緒は「今日こそは」と妙な期待感に駆られながら、念入りに入浴をした。

だが、またしても、美緒の隣で横臥する石神から発せられるのは、情欲に満ちた息

遣いではなく、安らかな寝息だった。

なぜ……？　どうして……？

(私はそんなに魅力のない女なの……？)

痺れを切らした美緒は、石神に悟られぬよう、そっと女の部分に指を這わせた。躰は正直だ。しっとりと濡れている。美緒の女の扉は、すでに石神のために開きつつあるのかもしれない。

ふと、横で寝ている石神の躰を思い浮べる。石神の男の部分も太く逞しいのだろうか。美緒の躰に興奮し、ペニスを激しくいきり勃たせる瞬間はあるのだろうか。

昂ぶる気持ちをぶつけるように、指をかすかに震わせながら、美緒は自分の中で芽生え始めたはしたない欲求と懸命に戦った。

3

翌日、朝食を終えると、石神は人体の骨組みらしきものを作り始めた。

「今日から本格的な制作に入る。ポーズをとるんだ」

石神の表情がいつも以上に引き締まった。

縄を巻いた木片と針金で作られた骨組みは、驚くほどの素早さと無駄のない手さばきで、粘土で荒付けがなされていく。話しかけることも許されないような、張り詰めた空気がアトリエ内に流れた。

石神の大きな手は見る間に粘土で汚れていく。あの太い指はもっと早くに美緒の体内を暴れ回っていたのかもしれないと思うと、妙な後ろ暗さに包まれてしまう。覚悟していただけに、女性としての価値を否定された気がしてならない。

「よし、大まかな作業は終わった。出かけてくる」

粘土の塊がほぼ人体に近づいた頃、石神は美緒を一人アトリエに残し、行き先も告げずに出て行った。

日はもうかなり落ちている。こんな時間からどこへ行くのだろう。美緒は「フッ……」と嘆息を漏らした。堂本の魔の手から離れ、このアトリエでひと握りの安らぎを感じ始めていた美緒だが、満たされない思いは強まっていく一方だ。

一人取り残された気持ちのまま、美緒はベッドにうずくまった。

石神の匂いがする。美緒は大きく深呼吸して、いつの間にか自分を安定させてくれる嗅ぎ慣れた香りを胸いっぱいに吸い込んだ。汗の混じった男の体臭は、堂本には決して感じることのない安堵や切なさと淫らな欲望をよみがえらせた。

美緒の中で日増しに石神の存在が大きく、確かなものへと変化していく。逞しい腕に包まれる自分を、石神とひとつになり寝乱れる自分を、つい妄想している自分がいる。

（もしかして、私……）

石神のことだけに脳が支配される。悔しさと戸惑いを感じる反面、金で買われたという現実がつきまとい、それがたまらなく悲しかった。

気を落ち着かせるために、浴槽に湯を張り躰を沈めた。

柔らかなお湯に包まれながら石神を思う。無精髭のある男臭い風貌。厚い胸板。作品に挑む真剣な眼差し……気づいた時には中指が花びらをあやしていた。

「あ……ん」

すでに顔を出していたクリトリスを指先で丸くなぞると、コリコリと硬く尖り出してくる。ふっくらした花びらは弾力のある柔らかさを帯び、湯の中でも分かるほど粘った蜜をあふれさせていた。

美緒の欲望そのままに、女の器官が際立って反応する。

（う……ン）

石神を夢想した。あの太い指が濡れ溝をさすり、肉ビラをこじ開けて侵入してくる。

左右に開かれたワレメにねっとりした舌が這い回る。

「あ……ん……」

思わず声を上げてしまったその時、「ガタン！」という物音に振り向くと、裸の石神が厳しい表情で風呂場に入ってきた。出かけたのではなかったのだろうか？　突然のことに美緒は息を呑んだ。視線の先には、力が漲り、石神らしく意志の強そうなペニスが猛々しくいきり勃っている。

目を逸らそうとしても無理だった。腹を打つように逞しく勃起したペニスに、思わず釘づけになってしまう。

「アッ！　な、何を！」

両腕をつかまれ、無理やり浴槽の外へと引っ張り出される。すごい力だった。

「痛い……や、やめて！」

両手首をつかまれ、美緒は前を向いたまま壁に押しつけられる。

腕を大きく広げられた格好で、力任せに固定されると、もう逆らうことなどできなかった。石神の獣じみた瞳は、普段の彼とは明らかに違う。血走った目には荒々しい男の欲望が宿り、その何かに憑かれたような眼光が美緒を縛りつけた。

わずかに身をかがめた石神は、美緒の乳首を乳輪ごと舐め吸った。

「アァ……ンッ」

それだけで十分だった。そのたったひと舐めで全身の力が抜け、吸われた乳首が硬くなるのが分かる。

両方の乳首を交互に舐めしゃぶられ、無精髭の生えた顔で乳房をぐりぐりと頬擦りされる。ヤスリのような髭で柔肌を犯される甘やかな痛みがあまりにも心地よく、美緒はさらに高く切なく喘ぎを漏らしてしまった。

「なぜ急に……?」という戸惑いや驚きよりも、むしろやっと女として認めてもらえた安堵にも似た気持ちが躰の隅々まで広がっていく。

手首をつかむ力が強まった。美緒がまだ抵抗すると思っているのだろうか。

(大丈夫、逃げない。逃げないから)

美緒は心の中で何度も叫んだ。

すると、石神は美緒の裸身を横抱きにして、軽々と持ち上げた。そのままバスルームを出て運んでいく。

この男の圧倒的な力の前では、自分はあまりにも弱い存在でしかないのだ。堂本に対する感情とは全く違う、もっと尊く敬服する思い。

石神はベッドの前まで進むと、美緒を荷物のようにベッドに放り投げた。次の瞬間、

がっしりとした躰が覆いかぶさってくる。

一瞬、呼吸ができないほどの重さがかかり、美緒は呻いた。

熱い唇が重なり、男の太い舌が前歯をこじ開けて侵入してくる。

分厚い舌は口内粘膜を探るように這い回る。唾液を貪るように激しく蠢いている。

寡黙な石神だが、その舌はあまりにも饒舌だった。

唇を離した石神は姿勢を変え、美緒の顔にまたがった。

枕元がずしりと沈むのと同時に、目前には雄々しく反り返ったペニスが差し出された。

こうして間近で見ると、まるで肉の凶器のようだ。陰毛の生えたおぞましい陰嚢《いんのう》までが目に入る。

美緒の上唇に、先汁でぬめる先端が触れた。禍々しいほどにエラの張った亀頭は茜色にてらついている。

石神の厳しい目が、無言で咥えろと命じている。

逆らうことなどできなかった。震える唇を開くと、わずかな隙間からそれはゆっくりと入ってきた。硬めの弾力ある肉の感触が口いっぱいに広がる。

石神は腰をせりだして、太いペニスを喉奥までねじ込んできた。腰を前後に振り始

める。さらに苦しみが喉奥に増して、

「ウウッ、ウッ」

美緒は呻く。だが、どういうことだろう。美緒は今までになく強烈な幸福感に包まれていた。

これまで自分を抱こうとしなかった石神が、今は目をぎらつかせながら、こんなにもオスのシンボルを猛り勃たせている。

（もっと見て。私を見ながらもっと興奮して……）

美緒は瞳をいっぱいに見開いて、肉棒越しに見える石神の恍惚とした表情を脳裏に焼きつけた。

ひとしきり口内を暴れた石神の屹立が、抜かれていく。

石神は足の方に回ると、美緒の両膝を抱え込み、力強く引き寄せる。

秘唇に、熱く硬いものがあてがわれるのを感じた。

「い、いやぁぁ！」

石神をなかば受け入れていたはずなのに、いざとなるとそう叫んで、躰をよじっていた。

だが、石神は逃げた下腹部を引き戻し、膝を抱えて体重をかけてくる。

肉の凶器が体内を割って入り込む感覚があった。

「ンッ……アアウウッ!!」

躰が二つに裂かれるような衝撃が体内に響き渡った。大きな楔《くさび》を無理やり打ち込まれたようで、美緒は大きく反り返ったまま微塵も動けなかった。

(く、苦しい……助けて!)

呼吸ができない。ぎゅっと閉じた瞳の裏に花火のような閃光が散っている。

美緒は下腹を押さえながら、必死に歯を食いしばる。

だが、石神は容赦なく腰を振り始めた。美緒の両脚を肩に担いで、ズン、ズンと打ち込んでくる。

「ウッ! ウウッ!」

美緒の尻がわずかに浮き、石神は斜め上から激しく突きおろしてくる。

何という荒々しさだろう。その一撃を受けるたびに躰が跳ね、熱した鋼で内臓を刺し貫かれているかのようだ。

初めて体験する感覚だった。初恋の彼も、そして堂本を相手にした時でさえ、こんな躰が軋むようなパワーを感じたことはなかった。

石神は肩に乗せた脚をさらに引き寄せ、奥の奥まで攻め入ってくる。全体重を切っ

先に集めて、これでもかと強烈な打撃を与えてくる。

繰り返される衝撃に、美緒の頭は何度もヘッドボードに打ちつけられた。躰が少しでも離れると、石神は押しやられた躰を再び抱き寄せ、また激しく打ち込んでくる。

一打ごとに陰部と陰部がぶつかり合い、肉の軋むような音がする。激烈な摩擦で肉襞を削り取られてしまいそうだ。しかも、石神は疲れを知らないのか、激しいストロークはいっこうに衰える気配がない。

「あぁっ……ううっ……もう、ダメ……許して」

思わず訴えていた。

石神はいったん結合を外すと、美緒を四つん這いにさせた。背中からヒップにかけて慈しむようにさすりながら言った。

「美しい背中だ。腰から尻のラインも極上だ。アナルも綺麗だ」

「ああ……いや」

美緒は、これまで、アナルを話題にされたことはなかった。高校三年生の時、つき合っていた一歳年上の彼に処女を捧げて以来、男性はその彼と堂本しか知らなかった。

恋人とは遠距離恋愛を含め二年間続いたが、結局は自然消滅してしまった。

若い彼のセックスは確かにパワーに満ちていたが、技巧をこらすこともそれほど無く、いわゆるノーマルな範囲のものだった。だからこそ、堂本さえも口にしなかった「アナル」という響きは、あまりにも衝撃的だった。

「今日は前だけだ。だが、いずれ後ろも味わわせてもらうぞ」

ごつい両手が美緒の尻をぐっと引き寄せる。

(えっ？　後ろって……アナル……)

戸惑っているうちにも、ワレメに勃起があてがわれる。蜜をまぶすように、亀頭が数回濡れ溝をすべり、先ほどとは違う角度から硬い肉刀がめり込んだ。

「ウアアァァ……」

全身から一気に汗が吹き出してくる。かつて味わったことがないほど凶暴さに満ちた男根は、そのひと突きで内臓が押し上げられ、口から飛び出してしまうのではないかと錯覚するほどの猛威をふるってくる。ぐっさりと刺し込まれたペニスの圧迫で、美緒の総身は鳥肌立った。

石神が大きく深呼吸をした次の瞬間、パンッパンッパンッと、柔肌を穿つ衝撃音が立て続けに響いた。

「アウゥッッッ！」

膣肉をえぐられるような凄まじい洗礼に、美緒は必死に耐えた。

睾丸が秘部に何度も当たる。深々とねじ込まれた肉棒が引かれてはまた奥へと送り込まれる。ぶつかり合う肌が内出血を起こすのではないかと思うほど、その衝撃は激烈だった。

「アアッ！　もうダメ……許してッ！」

「だめだ。許さん」

崩れ落ちそうになる尻を強引につかみ上げられる。肉の凶器が容赦なく女の核心を蹂躙する。

「いやっ、いや……ああ」

苦悶と快楽のうねりが同時に押し寄せてきた。これほどまでに膣肉を貪られる感覚は初めてだ。凸と凹の激しいせめぎ合いが、美緒を未知の領域へと導こうとしていた。

「苦しい……あうっ！」

言葉とは裏腹に、美緒はいつの間にか尻を振っていた。

「この尻はなんだ？　いやらしく揺れているぞ」

「ああ……いや……」

気づけば、結合部の愛蜜の音がいっそう大きく響いている。苦痛の一撃を受けるた

び、ズチュッズチュッと湿った音が高らかに鳴っていた。
(ああ……もっと……)
かつて誰も侵したことのないさらに奥深くの領域にまで、石神が攻め込んでいる。
男に征服される悦びを、美緒は躰を割り裂かれながら感じ始めていた。
「アッ、アッ、もう許して……」
尻がひとりでにぶるぶると震えてきた。石神の抜き差しがさらに速まる。
突かれるごとに、美緒の躰は大きく反り曲がってしまう。激しくこすられるたびに
膣粘膜がわななき、蠢き、無数のヒダをペニスにまとわりつかせながらもっと奥へ、
もっと深く、と貪欲に引き込んでいく。
(ああ、この感じはいったい……?)
石神には初めて貫かれたというのに、自分でも理解できない快感が芽生えてくる。
躰の奥から絶頂の波が押し寄せる。もう限界だ。熱い電流がもうそこまで来ている。
「も……もう……」
「イク時は言うんだ」
美緒は呻きながら頷く。石神の動きが激しさを増した。とどめとも言える痛烈な乱
打が子宮口まで届くと、極限まで抑えていた何かが一気に爆《は》ぜた。

「ああっ、もう……イクぅぅぅ……ッ！」

別人のような声が漏れる。全身に電流が突き抜け、魂さえも破壊されるようだった。シーツをわしづかみながら、美緒は絶頂の稲妻に身を任せる。秘宮とクリトリスがどくんどくんと脈打った。

その時、石神が唸りながら突いてきた。

美緒の意識は飛んだ。無意識に躰が躍り上がり痙攣している。

嵐が通り過ぎた時、美緒の躰にはもう微塵の力さえも残っていなかった。

4

いつの間にか石神のペニスが抜かれていることに気づいた。

（ああ……）

ベッドの上で仰臥する石神の横で、美緒は意識を混濁させながら目の端を潤ませていた。

不意に、骨太の手が美緒の手をとらえる。温かな掌で包み込まれると、美緒もそれに応えようと絡めた指に力を込める。二人はごく自然に握り締め合っていた。

「美緒……」

嬉しさで震えた。石神が初めて「美緒」と呼んでくれたのだ。

「先生……」

美緒もそう微笑み、厚い胸に頭を乗せた。鼓動が頬に伝わってくる。胸いっぱいに吸い込んだ汗の匂いが、鼻腔の粘膜を刺激してくる。何という穏やかで至福の時なのだろう。

その時、石神が美緒の髪を撫でながら言った。

「美緒は、昔の恋人に似ているんだ」

思いもよらない告白に、美緒は石神を覗き込んだ。

「オークションで見た時、彼女の生き写しかと思ったよ。作品に着手する日まで、この肌には決して触れるまいと誓っていた」

髪に触れていた指先がすべり落ち、慈しむように頬を撫であげる。

その手には、確かに愛しいものを愛《め》でる温かみや優しさが込められていたが、美緒の胸中は複雑だった。

過去の女性に嫉妬などする気はない。ましてや、オークションで買われた身ならなおさらだ。でも、今は自分だけを見てほしい。

(私の中に昔の恋人を見ないで……)

いつしか美緒の右手は、まだ十分な硬さを保ったままのペニスを握り締め、先ほどまで己を貫いていた猛り勃つものを口に含んだ。逞しい体型同様、野太く無骨な印象のペニスはやはり力強く、がっしりとした存在感を見せている。

愛液がたっぷりと染み込み、酸味とえぐみが混ざったような味がする。この愛しい肉の塊が、幾度となくその女の中で暴れ狂ったのだ。何度も悦びのエキスをしぶかせたのだ。

狂おしい思いに駆られて、陰毛に触れるほど深々と咥えたペニスを一気に吸い立てる。まとわりついた過去を取り払うように、拭い清めるように、一心に舐めしゃぶった。

咥えながら舌を躍らせる。負けたくない。その人に負けたくない。カリのくびれから裏スジ、陰のうまで丹念に舌を這わせ、教え込まれた技巧をここぞとばかりに披露すると、石神の勃起がさらにひと回り膨らんだ気がする。

石神は、先ほどとは明らかに違う美緒に困惑の色を示している。だが、すぐに冷静さを取り戻して低い声で命令した。

「そのまま上にまたがりなさい」

美緒は、口に含んだ肉棒を吐き出した。つかんだペニスと離れるのを惜しむかのように、先端にキスを見舞う。そして、ゆっくりと石神の躰をまたいだ。

「ペニスをこすりつけなさい。でも、いいと言うまで入れてはダメだ」

下から鋭い目で美緒を見つめる石神は、その眼力だけで美緒を威圧する。

「ああ……わかりました」

膝を立てながら片手を石神の腹の上に添え、もう一方の手で肉塊を握り締めると、美緒はぬめる濡れ溝をこすり始めた。

唾液にまみれたペニスはすべるように秘唇を這い、ネチャッネチャッといやらしい音をたてている。

「こんなに濡れている」

「ああ……言わないで……」

「ほら、手を休めるな」

美緒はわずかに腰を揺らしながら、何度も何度もワレメを往復させた。すべらかな感触に酔いながら、時折、先端をクリトリスにぐりぐりと押しつけてみる。

「ああ、ここ、気持ちいいわ……」

敏感な小さな実が、さらにキュッと硬くなる予感がした。

石神がじっとこちらを見ている。

(もっと見て。もっと……)

痺れるような恍惚感に溺れそうになってしまう。羞恥の姿を見られることは、こんなにも快感をもたらしてくれるのだ。秘唇をすべる弾力ある肉棒の心地よさに耐え切れず、思わず許可の願いを口にする。

「先生、お願い……早く『入れろ』と命令して……」

石神を「先生」と呼ぶと、心が奮えた。

石神はそんな美緒を無表情に観察している。その冷静な目に自分が恥ずかしくなったが、美緒の欲望はぎりぎりまで達していた。

「ああ、お願いです……欲しい、欲しいの……早く先生と繋がりたい」

「仕方のない女だ。よし、いいだろう」

冷徹な口ぶりに、屈辱に似た思いの中で、美緒はペニスを後ろ手に持ちかえた。やや前のめりになり、秘唇の中心に狙いが定まると、一気に腰を沈める。発情した女の器官は、野太いオスの屹立を奥深くまで呑み込んだ。

「ンアァァ……ン……ッ!」

渇望を満たされる悦びが、四肢の隅々まで響き渡る。

（ああ、気持ちいい……！）

美緒は石神の顔を見つめながら、ゆっくりと腰を前後に揺り動かした。

腰の動きがひとりでに激しさを増していく。膝がシーツにこすれて痛い。だが、痛み以上の快楽がとめどなく躰の中心に注がれた。

「アッ、アッ、いい……」

「袋も触りなさい」

「あ……ン……」

腰を前後に振りながら、後ろ手で玉袋をすくうように包み、手の中でやわやわと揉みしだく。中の睾丸も軽く転がしてみる。バックから突かれた時、大きめの陰嚢が何度も美緒の秘唇を打ちのめしたことを思い出した。

「美緒、胸もいやらしく揺れているぞ」

「い、いや……ァ」

美緒は左手で両胸を隠そうとした。

「ダメだ」

その時、石神が腰をグンと突き上げ、美緒の快感の源をさらに深く割り裂いた。

「ああっ！　苦しい……許して……」

下腹部をグッと押さえて、もたらされる苦しみと紙一重の重い打撃をこらえた。

石神の腰はあまりにも頑強だった。連続して中心を突き上げられ、そのたびに美緒

は大きく反り返った。乗馬に似せたダイエットマシーンに乗っているかのように、乳房もボブヘアも、激しく揺れ乱れていく。

「ああっ、お願いします……やめて……」

耐え切れずに、美緒は石神の躰に倒れ込んだ。

「許さん。ほら！」

「アウッッ！」

肉塊がさらに奥深くめり込んだ。下から抱き締められた体勢のまま、情け容赦ない連打が打ち込まれる。疲れなど微塵も見せない石神は、どこまで逃げても美緒の女の器官に執拗に攻め入ってくる。

「アウッ！　アウッ！　許して……」

突かれるごとに、美緒は獣じみたかすれた声で呻いた。肉棒の衝撃が、声帯までおかしくしてしまう。

「ああっ……先生……先生ッッ……！」

ぐったりとなるほど失神寸前まで追い詰められた躰は、自分の意志ではもう指先さえも動かせないほどに消耗していた。

これが石神のセックスなのだ。強く、荒々しく、野性的で、支配欲に満ちて……。

これまで体験した性交は一体何だったのだろう。

躰と精神とが両方満たされてこそ一つになる悦びがある。

美緒は、セックスというものを初めて知った気がした。

「美緒、起き上がって後ろを向きなさい」

「う……は、はい……」

ここまで打ちのめした躰を、なおも求めてくる石神に驚愕しながら、美緒はどこかしら心の片隅で満ち足りたものを感じていた。

美緒は上体を起こした。

「そうだ、抜けないように後ろを向きなさい」

「ああ……はい」

結合が解けぬよう、そろそろと右方向に躰を回す。軽く尻を浮かせ、両手で躰を支えながら、何とか後ろを向くことができた。

「もっと足を開け。よし。そのまま自分で動いてみなさい」

膝を大きく開いた美緒は、前にある石神の足に手を添え尻を高々と上げた。

「ああ、よく見える」

「い、いや……」

石神は、美緒が羞恥の言葉を受けて愉悦を示すことを、とうに見抜いているようだ。めいっぱい上げた尻を落とすと、恥ずかしい音とともに自分の肉孔が太い肉棒を奥まで呑み込んでいくのが分かる。

「ふふ、いやらしいオマンコだ。こんなに食らい込んで」

「ああ……言わないでください」

「ほら、動くんだ」

美緒は尻を震わせながら、再び腰を浮かせた。

「ヌラヌラだぞ」

「ああ……いやいや……」

「見る見る濡れていくぞ」

「もう……許して！」

「だめだ。ほら、動くんだ」

言われるままに美緒は尻を突き上げた。命じられた通りに動くことが、息ができなくなるほどの切ない悦びを生む。

反面、身が焼けるような羞恥が込み上げてくる。石神のペニスを咥え込んだ部分はおろか、アナルまで丸見えだろう。

自分の一番恥ずかしい姿を見られている。だが、この満ち足りた気持ちは何なのだろう。

「いや、恥ずかしい……」

わざと泣きそうな声を上げてみる。後ろを振り返って困惑の表情もしてみせる。そうすることが、よりいっそう、美緒の気持ちを昂ぶらせた。

亀頭ぎりぎりまで持ち上げた尻をズンと一気に沈める。

「おお……なんていやらしい子だ」

「あん、いや……ああ」

不意に石神が起き上がった。後ろからぎゅっと抱き締められ、首筋にキスを浴びせられる。

汗ばんだ肌にチクチクとした髭を感じながら、美緒は石神の後頭部を抱き寄せた。

石神が乳房をすくうように揉み始める。彫刻家の強靭で繊細な指が、柔らかな乳房を荒々しく揉み込んでくる。

膨らみを包まれたまま、二本の指で乳首をくりくりと責められると、思わず声が出た。

「ああ、気持ちいい……」

「乳首もコリコリだ。敏感な躰だ。こちらを向きなさい」

「あ……ん……はい……」

石神が上体をいったん倒したので、美緒は躰をゆっくりと回し、石神の方を向いた。

石神は再び躰を起こして、背中に腕を回してくる。

大きな腕で抱き締められると、きゅんと子宮が収縮するのが分かる。

男の厚い舌が口腔に侵入してくると、美緒も舌を絡めていた。舌を吸われ唾液を注がれる。甘い滴りを嚥下しながら、石神のあふれる匂いに美緒は酔い痴れた。

「あんっ……」

石神の唇が乳房におりてきた。

乳首を口に含んで、生温かな舌でチロチロとあやしてくる。一転して繊細な舌づかいだ。

甘い疼きが下半身にも及び、膣が肉の棹をキュキュッと食い締めるのが感じられた。

乳房と女淫を同時に責められ、美緒は一刻も待てないほどに追い詰められた。

「ください……今度こそ……お願い」

石神は美緒の肩をつかみ、荒々しく押し倒してくる。

欲情するオスの瞳が真っすぐに注がれている。なぜ自分が石神に惹かれているのか

が分かった。

この目だ。この目に見つめられると、支配される悦びと、圧倒的な強者にひれ伏す甘い疼きが全身を駆け巡る。

石神は美緒の脚をつかみ、激しく打ち込んでくる。またあの怒濤のような突き上げが美緒を襲った。

「アウッ、アウッ！ いや……」

「美緒、もっと感じろ！」

「アッ、ウウッッ！」

心身ともに壊れそうになるほどの苦痛と、それ以上の快感が押し寄せてくる。はしたない喘ぎ声を上げるたびに、心と躰が解放されていくように感じるのはなぜだろう。

石神の前なら、いや石神の前だからこそ淫らになっていいのだ。思い切り恥ずかしい姿を晒してもいい。いつの間にか美緒は、そんな気持ちになっている自分に気づいた。

この瞬間、美緒はこれまで身につけてきた虚飾をかなぐり捨てて、一匹のメスと化した。

「ああッ、先生……先生……」

大きく開かれた脚の間では、先ほどよりもいっそう激しく肌がぶつかり合っている。

肉の弾ける湿った音がアトリエ中に大きく響いた。

「アッ、アッ、気持ちいい……ヤンッ」

「もっとよがれ！」

「アアッ……いいの、いいの」

すでに一度絶頂まで達した女の器官は、再び侵入して来た石神の肉棒を貪るように、もっと奥へと招き入れる。尻にぎゅっと力を入れると膣がきつく締まるのだろう、カリの引っかかりが、せまい肉路をぐっと通り抜ける。

次第に速まるペニスの抜き差しが、美緒を追い詰める。

（ウッ、こ、これ……）

この摩擦だ。膣口から子宮口までを高速で行き来する摩擦の快感で、美緒は躰も人格も破壊されてしまいそうになる。

（やめて……ああ、やめないで）

矛盾した感情が、もうまともに考えることのできない頭をぐるぐると駆け巡る。

「あっ、もうダメッ、ダメッ……アアアッ！」

歯を食いしばり、美緒は何度もいやいやと頭を振る。何がだめで、何がいいのかさえも分からない。ただ、この強烈な快感と苦痛とをどこかにぶつけなければ、自分は

壊れてしまう。そんな思いが脳の片隅にあった。

石神はさらに冷酷なまでの連打を浴びせてくる。

「アウッ！　アウッ！　もう……もう、ダメ……死んでしまう！」

石神の汗がぽたぽたと落ちてくる。男性器の侵入が、こんなにも自分を破壊するなどとは思ってもみなかった。猛打のたびに力尽きた躰は人形のように頼りなく跳ね、目を開けていることさえ苦しい。突き上げられるごとに、獣のような声が出てしまう。内臓が大きくうねり、心臓は今にも破裂してしまいそうだ。

「ああ、イキそう……また、イっちゃう」

背中に回された石神の手にぐっと力が込められる。突き上げが強まり、槌で打たれるような衝撃が脳天までまともに響いてくる。

「美緒、イクぞ」

高速の連打が美緒を襲った。切なさの塊が耐えられないほどに膨らんだ。

「ああっ……イク、イク、あああぁぁぁぅぅっっ」

「美緒、出すぞ。出すぞ。ううぅっっ」

石神が、とどめとばかりに奥まで打ち込んでくる。

「ウゥオオオォォォッッッ！」

恥骨が砕かれんばかりの衝撃を受け、美緒の躰は大きく跳ね躍った。閃光が躰を貫き、どこかに放り上げられるような浮遊感とともに、気が遠くなった。

膣奥深くまでペニスを挿入したまま、石神は今まで以上にきつく抱き締めてくる。

「ああ……ん……」

ドクンドクンと精子が放たれる感覚が走った。全身に電流が突き抜け、思わず石神の肩に爪を立ててしまう。

クリトリスが痺れ、半開きにした唇がわなわなと震えていた。

石神がぐったりとして被さってきた。

絶頂の余韻の中で、汗にまみれた背中をぎゅっと抱き締める。繋がったまま、美緒はあまりの幸福にむせび泣いた。

愛しい男の匂いに包まれながら、美緒はとろけるようなまどろみの中で石神の髪を撫でていた。

第六章　処女の場所

1

二人が結ばれてから、昼は彫刻の制作、夜は互いの肌を激しく求め合う日々が過ぎた。石神の才能と雄々しい性技を知るごとに盲目的な愛が深まっていく。

だが、フライトでは常に堂本の監視がつき、ステイ先でも否応なしに奉仕を強いられていた。それはもちろん義務で、単に女性器を提供しているにすぎないが、穢された躰を石神に解放する瞬間は、心苦しさと後ろめたさがつきまとった。

だが、こうも思うのだ。石神に女の孔を塞がれるたび、よどんで濁り切った躰が浄化されていくのではないか、と。

彫刻は日に日に完成に近づいていく。凛とした中にもどこか憂いを滲ませた表情と、

女性らしいたおやかな曲線を描いた姿は、美緒本人が見ても心ときめくほど魅力的なものだった。

美緒は忌まわしい白ユリ会のオークションにかけられ、石神に落札された。

愛情のない中での強要されるセックスをなかば覚悟していたが、今、美緒は人生で初めて体験する女の悦びに耽溺していた。

自分は石神に買われて、幸運だった。

落札された他のＣＡはどうなのだろう？

客が気に入ったＣＡを我が物にするのだから、それなりに大切にされているのだろうか、それとも、悪夢のような時間を体験しているのだろうか。

「後ろを向きなさい」

その夜、制作を終えた石神は、壁に立てかけてある大きな鏡の前に、美緒を後ろ向きに立たせた。

「いい尻だ」

そうしみじみと呟く言葉の上から、柔らかな風のようなタッチで、尻の輪郭を撫で上げられる。

思わず後ろを振り向くと、キュッと締まったウエストから張り出した、汗でじっとりと艶めくハート型のヒップが大映しになっていた。丸々とした臀部を包み込んだ手は、やがて、弾力を確かめるように両側から揉み込んでくる。

「あ……んっ……」

一瞬、力の抜けた美緒は、喘ぎとともに石神の胸に体重をあずけた。鏡の中を見ると、怯えた表情の自分と目が合った。

（美緒、なんて顔してるの？ 嬉しいくせにそんなに泣きそうな顔になって……）

鏡の中の自分をあざ笑うことも問いかけることも、美緒にとっては興奮を誘う極上のスパイスになっていた。

十本の指を食い込ませ、こね回され、揉みなぶられる女尻は、まるで柔らかな餅のように石神の意のままに表情を変えていく。隠されていた褐色のあわいが見え隠れするたびに、美緒の蜜は涸《か》れることのない泉のように次々とあふれでてしまうのだ。

「どんどん淫らな女になっていく。オークションでは子羊のように震えていたのに」

「ああ、先生がいけないのよ」

「私はお前の中に潜んでいたものを引き出しているだけだ」

そう言って、石神の両手は、中央に走る清らかなワレメをゆっくりと広げていく。

「アッ……あああ」

大切な肉の合わせ目が、恥ずかしいほどに濡れ光っているのが見える。

「見ていろよ」

無残に開かれた肉襞の門が、これでもかと晒された。

「美緒、アナルの奥まで丸見えだぞ」

「くっ、うう……」

鏡には、今まで見たこともない恥ずかしい菊門が映っていた。肛門の奥も女膣同様、恥ずかしいほど鮮やかなサーモンピンクにぬめっている。放射状に広がった皺が呼吸に合わせて蠢き、それ自体が生き物のようだ。

「いや……お願い」

恥部を白日の下に晒される恥辱に、美緒は見ていられなくなって石神の方を向き直った。

顔を向けると、温かな唇が重なってくる。まるで羞恥に耐えた褒美のように、甘くとろけるようなキスが美緒の口を塞いだ。

辱められたあとに与えられる愛情に満ちた口づけ。飴とムチを巧みに使い分け、こんなにもたやすく自分を支配する石神を、美緒はたまらなく愛しく感じ、そして秘か

に憎んでしまう。

「美緒、両手を出しなさい」

ためらいがちに両手を差し出す。石神は作業台に置いてあった制服のスカーフを取り、手首の位置できつく縛り上げた。

シルクが細腕にギュッと食い込んだ。

(うっ、縛られるなんて、一体なにをされてしまうの……?)

なぜか、奇妙な昂ぶりを覚えてしまう。

石神は用意してあった赤い縄で、スカーフの上からさらに何重にもくくってくる。

余った縄を剝き出しの天井を走る梁に通し、強く下に引かれると、美緒の肢体は真っすぐに引き伸ばされ、余すところなく鏡の前に晒された。

「う……くううぅ……」

スカーフ越しに手首に縄が食い込んで、痛い。

紐は作業台にしっかりと結わえられ、美緒はまさに、両手首と爪先だけで全体重を支えている状態になった。

「美緒、ちゃんと見るんだ」

鏡に映る自分と強引に対面させられる。美緒は苦しさと痴態に顔を歪めた。

真っ先に目に入ったのは、細いくびれから続く豊かなヒップラインと、爪先立ちを強いられた脚線、露出した恥丘だった。薄い恥毛のはざまからは薄桃色の肉花弁が顔を出し、あふれでた滴りが涙の跡のように幾筋にも濡れ光っている。

赤く尖った乳首が、呼吸のたびにいやらしく上下している。

だが、何よりも美緒を打ちのめしたのは、あらわになった両腋からうっすらと顔を出した腋毛だった。

「い……いや……ァ……」

あまりにも屈辱的な姿だった。

腋の処理は許されていなかったのである。

元々体毛が薄い美緒も、一週間も経てば伸びてくる。女性の身だしなみとして普段は抜かりないのだが、石神は決して許してはくれなかった。しかも、汗の匂いがかすかに漂って、恥ずかしさに輪をかけた。

「ウウッ……ウッ」

懸命に腕を引き抜こうとしても、きつく縛られた縄はびくともしない。すらりとした脚を踏ん張るように躰をひねっても、ぴんと伸びたふくらはぎに痛みが走るだけだ。

どんなに美緒がもがいたところで、拘束された躰は石神の意のままにしかならなか

った。

美緒の恥ずかしい箇所に気づいたのか、石神が腋下に顔を寄せてきた。

「ああ……やめて……」

少しでも石神の鼻先から逃れようと、必死に身をよじる。

だが、石神は汗ばんだ腋に鼻先をあてがい、クンクンと鼻を鳴らしてきたのだ。

「ふふ、美緒の匂いがする。おい、この黒いものは何だ？」

「うっ……う」

美緒はいやいやと顔を振った。

「きちんと言いなさい」

「あっあ……あ……いやです」

「言うんだ」

「ご、ごめんなさい……ワ……ワキ……毛です」

「腋毛？　綺麗な顔をして、美緒はフライト中もこうして腋毛を生やしているのか」

そう言うなり、生温かな舌で腋の下をペロリと舐めてきた。

「いや……ァァッ！」

真っ赤になって跳ねる姿が鏡に映る。

最愛の男に未処理の腋下を舐められる羞恥。汗でじっとりと湿った肌を、柔らかな舌がすべる何とも言えぬ心地よさ。

美緒の花園がまた一段と潤った。悟られてはいけない、はしたない自分を見せてはいけないと思う気持ちが、なおさら欲情を掻き立てる。

鏡の中の痴態をしっかりと目に焼きつけながら、一際淫らな自分がいる現実に恍惚となってしまう。

(ああ……私)

こうして見ると、何といやらしい姿なのだろう。

腕を頭上でくくられて伸ばされた裸身。翳りから覗くソフトピンクの肉の合わせ目。拘束された姿を目の当たりにした美緒は、背徳的な感情もあいまって、劣情が際限なく高まった。

石神は無言のまま、剥き出しの尻に硬いペニスを押し当ててきた。

たっぷりと濡らした女の器官は、もう待てないと猛り勃つ肉棒を欲している。

(来て……お願い)

腰をつかんだ石神が、後ろから押し入ってきた。

「おお、ズブズブ入っていくぞ」

恥肉にめり込んだ肉棒は、あふれる女蜜で難なく奥深くまで潜り込んでくる。

「アアン……ッ!」

尻を後方に突き出した美緒は、上半身を弓のように反り返らせた。

高い位置で手首を固定されているため、背骨がぎしぎしとなる。無理やり後方に伸ばされた肩と肩胛骨が、今にも抜けてしまいそうだ。

「う……痛い」

「どうだ？ 縛られたまま後ろから犯されるのは気持ちいいか？ そら!」

「アウッ!」

またしても強烈な一撃を見舞われる。

前方に大きく傾いた躰は鏡に一段と近づき、紅潮した肌や吹き出した汗はおろか、美緒がさっきから羞恥を感じている腋毛までありありと映し出された。

パンッ、パンッ、パンッと連打を受けるたびに、せりだした乳房がぷるんぷるんと揺れている。

「おっ、締まってきたぞ。もっと足を開け」

「ウウッ……は、はい」

拘束された状態でのバックからの突き上げは、尻側の膣壁をグリグリと責め立てて

くる。肉を削がれるような奇妙な感覚に陥り、膣粘膜から脊髄、そして脳天へと甘い快感のうねりが昇っていく。

「おお、美緒」

膣奥の圧迫が強くなるのか、腰をつかんだ石神の手にも力が入った。

耳元にねっとりとした唸り声を感じながら、美緒も絞り出すような声をこぼしていた。

「んっ……ウウッ」

「こら、鏡から目を逸らすな」

美緒が震える脚に力を込め、言われるままにうなだれた頭を戻すと、ぎらついた双眸がこちらを見ている。

「先……生……痛い……縄をほどいて」

「ダメだ。こんな姿になっている自分をしっかり見ろ」

獣のような鋭い眼差しが、美緒を従順にさせる。

いつもそうだ。この目に屈服させられるのは心地よい。石神の前ならどんな恥ずかしい行為にも耐えられる。単なるメスと化したＣＡに堕ちていくことだっていとわない。

自由を奪われ、恥ずかしい姿を晒し、強いものに組み敷かれる弱者の無常。だが、

その無常こそが、圧倒的な力にひれ伏す陶酔感に導いてくれる。

鏡の中には、満ち足りた表情の美緒がいた。

「そうだ、ずっと自分を見ていろ」

濡れ溝は充実した潤み音を響かせていた。太腿を伝う生温かなしずくを見つめながら、感じているのだ、と美緒は今さらながら思ってしまう。

ひとしきり突き回した石神が突然ペニスを抜いた。

「あ……あん」

落胆の色を隠せずにいる美緒の、熱い息が漏れる。

石神は美緒の尻を抱え込むと、今まで野太い肉棒と繋がっていた女淫を鏡の前へ晒した。両手を左右の太腿に当てて、よく見えるように開いている。

「じっくり見なさい。どうなっている?」

「あっ……ああ……いや」

「どうなっているんだ? 言いなさい」

そこには、今にも匂ってきそうなほど肉汁を滴らせた花が咲いていた。石神のエキスを吸収しきったかのように、花弁はふっくらと肉厚になり、合わせ目の上方には、あさましいほど濃いピンク色の蕾が尖っている。

「あ……あん……ごめんなさい……い、いっぱい濡れています……ああ」

「それだけじゃないだろう」

「ク……クリト……リスまで……あんなに大きく……ああ、いや……」

恥ずかしさで、つい目を逸らしてしまう。滴った女汁は、透明な蜜はおろか、白く濁ったとろみ汁まで垂らして淫毛を濡らしていたのだ。

石神が愛しい。躰の隅々までこの男に満たされたい。

(ああ……入れてほしい)

先ほどから硬さを失わないペニスが、しきりに美緒の尻を叩いている。

「お願い……このまま入れて……先生が欲しい」

石神は無言のまま、しばらくその女芯をもてあそんでいたが、やがて美緒の右太腿を持ち上げた。淫汁にまみれた肉棒をぬめる恥肉にぴたりと接して、結合の体勢へと変えたのだ。

「ああ……入ってくる……ああん」

血管の浮き出たおぞましいペニスが、ズブズブと花びらを押し広げる。

卑猥すぎる光景だった。ピンクの肉唇が、浅黒いペニスをぴっちりと咥えている。

あふれた潤みが肉棒を伝い、大きく引き締まった陰嚢までいやらしく光らせていた。

再びペニスがゆっくりと引き抜かれていく。

「ああ……あんっ……」

寸分の隙もなく密着した粘膜は、別れるのを惜しむかのように肉襞をまとわりつかせる。

「ほら、また美緒の中に入っていくぞ」

「ああぁ……」

あまりの興奮と快感を誘う姿に、美緒の全身に鳥肌が立ってしまう。吊られている痛みさえも忘れてしまうほど、それは艶めかしい光景だった。

「美緒、前屈みになれ」

ペニスを挿入されたまま、美緒は片足をおろされた。

「自分の顔から目を逸らすな。わかったな」

石神から再び甘美な命令がくだった。

またあの太いペニスで女の心髄を貫き、掻き乱される。その上、その恥ずかしい姿から目を逸らすことは許されないのだ。

(ああ……早く欲しい)

石神はギリギリまでペニスを引くと、尻肉をつかみ美緒の肉路を一気に押し割って

きた。

「アア……ッッ……ッ！」

肩が外れ、背骨が折れるような衝撃が走る。何度受けても膣肉が裂かれるような打ち込みに、美緒は歯を食いしばった。

怯えた表情が、やがて快楽を貪っていくメスの顔へと変貌していく。子宮口まで深々と穿たれ、カリが引っかかりながら引き抜かれる心地よさ。石神のペニスを味わい尽くすように、蜜まみれの女淫がイチモツを食い締めた。

「うっ、キツい。そのまま鏡を見ているんだぞ」

石神の両手が揺れる乳房へと伸びてきた。

太い指が柔肌に食い込んでいる。哀れなほどひしゃげた双乳と、親指と人差し指でキュッとはさまれた乳首がもてあそばれている。

(ああ、なんて可哀想なおっぱい……可哀想なアソコ……可哀想な私。でも、もっといじめて……もっと)

穢されれば穢されるほど、美緒は悦びに女肉を濡らした。

「いい表情だぞ」

石神も満足げだ。

いまだ硬度の落ちない肉棒が容赦なく体内を責め立ててくる。

追い詰められた美緒は、髪を振り乱しながら絶頂のうねりを予感した。

「もうダメ……美緒のアソコが……もう耐えられないの……許して！」

神業的なペニスの摩擦は、なおも美緒を窮地に追い詰める。

「ああっ！　おかしくなるッ！　あっ、ああっ……ヤメテ……ああっ」

「もう降参か？」

「あっ、ダメ……も、もう許して……イク……ああ、美緒イキますぅぅ……ウゥ」

落ちかかる目蓋を渾身の力で見開いて、美緒は鏡の中の自分を見つめる。

高速で掻き回していた石神が、美緒の尻をわしづかみ、これでもかと一撃を押し込んでくる。

「あああぁぁぁんっっっ！」

電流が突き抜けた。反り返った躰がビクンビクンッと激しく痙攣する。

美緒は快感に弾ける自分の表情を見つめながら、力尽きた。

2

ペニスを食い締めた膣襞が無意識にきゅっと痙攣している。絶頂の波が過ぎ去った

躰はもちろん、美緒は目蓋さえもしばらく動かすことができない状態にあった。

暴れまくっていた石神の男根が抜かれると、躰はいくらか楽になったが、頭の中はまだ意識が混濁している。

朦朧としながらも、石神が射精しなかったことで、美緒はわずかに傷ついた。石神に愛されていても、それが分かったとたんに全ての自信を失くしてしまう。

女はワガママだ。どんな時でも、いかなる状況でも、愛する男には自分の躰で満足してほしいと思ってしまう。手首の縄を解かれ、躰を支えられながらベッドに横たわると、美緒は石神の膝に寄り添った。

「ごめんなさい……私だけイッてしまって……」

隣に座った石神が、美緒の手首についた痛々しい縄跡を撫でている。

美緒にとってはこの跡さえも愛しい。石神が刻んでくれた愛の証のように思えてならないからだ。だからこそ、石神にも絶頂の極みである精子を存分に放出してほしかった。

「美緒は勘違いしているな」

「えっ？」

「私は射精しないようにしていたんだ」

美緒には意味が分からなかった。

「以前、約束したはずだ。美緒のアナルは私がもらうと」

「ア、アナル……まさか……」

「そうだ、今日は美緒のアナルバージンをもらうぞ」

細めた石神の目がわずかに光を帯びた。


(ああ……ついにきたわ)

ベッドの上で、美緒はうつ伏せのまま尻だけを突き上げた姿勢をとらされていた。石神は何も語りかけてくれない。視線だけが熱く肌に刺さってくる。無言のままに見つめられるのは、たまらなく恥ずかしいのだが、恥ずかしさ以上に次の展開を想像する淫らな自分がいて、その張り詰めた空気に下半身が熱く焦げてしまいそうだ。

(ああ……ついにお尻を)

不安だった。あんな小さなすぼまりに、太いペニスが入るのだろうか。そしてその時の痛みは、どれほどのものなのだろう。

ただ、愛する男に初めての器官を捧げるということが、美緒を神聖で幸福な気持ちにさせていた。

「綺麗なアナルだ。シワが放射状に伸びていて絞り染めみたいだ。ほわほわした柔らかな産毛まで生えている」

「い……いや、そんなこと……」

「ちょっと冷たいぞ」

石神がアナル周辺に、ひやりとしたジェルらしきものを塗り始めた。

「あぁぁ……」

冷たさに、下を向いたまま思わず尻を振ってしまう。皺の隙間を広げながら、丹念に塗りたくられるのが分かる。

「おや、アナルしか触ってないのに、なぜアソコからオツユが出ているんだ？」

「いや……先生のいじわる」

「ほら、力を抜いて。たっぷりすり込んでやる」

「う……っ」

後ろから視姦されていると知った時点で、すでにかぐわしい香りを放ちながら、新たな淫蜜が滲み出ていた。ゆっくりと外側の輪をなぞられる感触は、予想外の恍惚感を運んでくれる。

「だいぶほぐれてきた。ちょっと指を入れるぞ」

「ああっ！　まだ……まだ怖い……ダメ……ッ！　ヒイ……ッ……ああ」

すぼまるヒダを突破した窮屈な感触が、肛門内部を襲ってくる。

「おお、第一関節まで入った」

「アア……アッ……ッ……いや……背中がぞくぞくする……中から何か出ちゃいそう……イヤ、イヤです……怖い」

「指を動かしてみるぞ。力を抜いて」

「アウ……ッ！」

美緒はパニックになった。

普段は排泄のみに徹している器官に異物を挿入され、無意識に力んだ粘膜が指を押し出そうと波打っている。それが逆流と錯覚するような、恥ずかしくも奇妙な感覚に陥らせるのかもしれない。

「すごい締めつけだ。指が動かないぞ。少し緩めてくれ」

「アア、わからないの……自分でもうまく力が抜けなくて……」

美緒は尻を突き上げながら、いやいやと頭を振った。初めての侵入者に、普段は正しくなされているアナルの収縮が、全く思い通りにいかなくなったのだ。

「落ち着け。息を吐いて」

石神は常に冷静だ。心地よい低音で誘導されると、美緒の緊張がゆるゆると解けて、指が抜かれた。

「大丈夫だ。ペニスにもたっぷりとローションを塗ってある。さあ、力を抜いて」

硬いペニスが、もう待てないと訴えるように、尻のワレメにあてがわれる。

美緒は目をつぶった。

「いくぞ！」

「アウッッッ！」

二、三度上下にすべったあと、メリメリと肉ヒダをこじ開けながら、美緒のアナルバージンが愛する石神の手に落ちた。

「い……痛いッ！　先生……痛い」

錆びたナイフで刺し貫かれたような鈍い痛みが走った。それが、じわりじわりと激しく重いものへと変わっていく。初めて味わう痛みと恐怖。膣に入れられた時よりも、二倍はあるかと思えるほどの太棒でキリキリとアナルを広げられていくようだ。注射さえも苦手な美緒は、このまま苦痛が増して、一瞬、自分は死んでしまうのではないかと思った。

「ああ、痛い……怖い……すごく苦しいの……ああ」

「大丈夫だ。カリは突破した。これ以上太いものは入れないからな」

石神の声にいくらか安心したものの、アナル周辺の疼痛は消えてくれない。鼓動に合わせてズキンズキンと響いてくる。

美緒の握り締めたこぶしに熱い涙が落ちた。

「慣れたらここも驚くほど感じてくる。少し動かしてみるぞ」

「ァ……怖い」

石神はいきり勃つペニスを慎重に押し進め、美緒の様子を観察しながら、ゆっくりと引き抜いていく。時折漏れる熱い吐息や尻をつかんだ手の力み具合から、石神の興奮を躰中で感じていた。

「もっとゆっくり……奥までは怖いです……あぁ」

アナルの抜き差しは、恐怖と苦痛との戦いだった。膣ではあんなにも心地よかった摩擦やつかえが、ここでは苦痛にしか感じられない。

だが、美緒は耐えた。痛みをこらえながら括約筋をきゅっと締めてみた。

「うう、締まってくる。気持ちいいぞ」

「嬉しい……嬉しい……美緒のお尻でイッてほしい……お願い」

美緒は、ぷるぷると震えるヒップを突き出したまま哀願した。石神に身も心も捧げ

ているという実感が強烈に込み上げてくる。石神に満足してもらえるなら、たとえ苦痛が伴っても構わない。自分の体内で思い切り射精してほしい。

おそるおそる自分でも腰を前後に動かしていた。アナルが拡張されていくのか、次第に楽になっていく。石神もこわれものを扱うように、丁寧な抜き差しを繰り返してくれている。

ヴィイィン……

力の抜き方や呼吸など、抽送のコツをつかみ始めた頃、美緒の尻に振動するものが押し当てられた。

「あっ！」

「これが何かわかるな」

振り返らなくとも、それが何なのかを美緒は一瞬にして理解した。あの日、里沙子から渡されたピンクローターだ。

「アナルに咥え込んだまま、ローターを前に入れてみろ」

「そんな……」

美緒はためらった。アナルセックスだけでも相当な苦痛であるにも関わらず、もうひとつの器官をも塞がなければならないのだ。

（いや……怖い……怖い）

だが次の瞬間、美緒は震える手で、ぶるぶると蠢くローターを膣奥まで押し込んでいた。

「くううっ……！」

ほぼ同時に二人が叫んだ。

ぬぷっと卑猥な音をたてながら、驚くほどスムーズに呑み込まれたローターは、美緒のGスポットと、体内で猛るペニスを直撃する。

「おおう、ローターの振動を感じるぞ！　たまらん！」

振り返らなくても、その声から石神が今どんな表情をしているのか、美緒には容易に想像できた。冷静な石神が我を忘れて悶えている。自分とひとつになって、同じように感じてくれている。

美緒は、ローターから伸びているコントローラーのレベルをマックスにした。

「うおおっ！」

「あああぁぁんッ！」

石神がさらに声を張り上げた。

「クウゥッ！　なんてことだ！　美緒のアナルの中でローターとチャンバラしている

みたいだ」

美緒も前後の穴を同時に責められ、あまりの痛烈な刺激に身悶えをした。アナルには痛みが走っている。だが、膣に押し込まれたローターが確実な快感を運んでくれる。

何よりも、石神の興奮と悦楽がじかに伝わってきて、それが美緒を満たされた気持ちにしてくれるのだ。

「ウッ、ウッ、いいぞ。締めつけと振動が同時に味わえる」

石神の抽送が速まった。

「ああッ……痛い……苦しいッ!!」

やはり最後は、痛みの方が勝ってしまった。だが、苦痛を訴えれば、石神は動きを止めてしまうだろう。美緒は歯を食いしばって痛みに耐え抜いた。

思い切ってローターを出し入れすると、その動きに応えるように、石神もピッチを速めてくる。尻を突き上げたまま腹這いになり、膣奥をめいっぱい掻き混ぜる。アナルの痛みを遠ざけるように、膣の快感にだけ意識を集中させた。

「アッ、アッ、気持ちいい。アソコが……いいの」

「ウッ、ウッ、出る、出るぞォォ！」

「ああ、ああぁぁんッッッ！」

「ウオオォォォォッッ！」

石神は最後の一撃を、根元までズッポリと挿し入れた。叫びと同時に打ち込まれたペニスからは、ドクンドクンと脈打つ快感の放出が伝わってくる。

美緒は尻だけを持ち上げた姿勢で、壮絶な苦痛に耐えながらそれを受け止めた。

精子をたっぷりと出し終えた石神のペニスが抜かれる頃には、美緒の瞳からはいつの間にか熱い涙がこぼれていた。

「先生……嬉しい」

ベッドに崩れ落ちた美緒は、しゃくり上げながら石神に抱きついた。

3

「……肌が変わった。しっとりと柔らかくなった」

石神にアナルバージンを捧げてから、美緒は抱かれるごとにその言葉を耳にするようになった。

堂本も、その艶の増した肉体の変化に気づき、「成長したようだな」と、憎々しい笑顔でせまってくる。

あの日以来、石神は二つの秘穴を愛してくる。美緒もそれに応えようと躰を委ねる。蜜壷の繋がりだけでは知り得なかった悦びが、痛みに耐えながらひとつになる充実感が、そして、次第に開発されていくアナルの快楽が、美緒の心も肌もしっとりとたおやかにしていくのだろう。

自信と満ち足りた気持ちが躰中に広がっていく。

このままずっと、ここで暮らせたらどんなにいいだろう。毎夜、愛しい石神の温もりと匂いに包まれて眠りにつけたら、どれほど幸せだろう。揺るぎない才能と雄々しいセックス、温厚さと支配欲を持ち合わせた真っすぐな視線、気づいた時には、もう離れることなどできない存在になっていた。

だが、別れの時間は刻々と迫っていた。彫像はすでに完成し、あとは石神個人で型どりと流し込みの作業を残すばかりとなった。

明日で約束の三週間の期限が切れてしまう。

「離れたくない……」

深夜、雨音で寝つけずにいた美緒は、石神の胸で子供のようにぐずった。

「お願い……ずっとここにいさせて」

アトリエに来たばかりの頃には想像もつかないほど、ここは美緒の安らぎの場所に

なっていた。

それはたぶん石神も同じだろう。三週間の期限が来ても、再契約かそれに見合った計らいをきっとしてくれるだろうと、美緒は心のどこかで期待していた。

だが、石神から返ってきたのは、呆気ないほど冷静な言葉だった。

「私もお前を手放したくはない。お前がどれほど大切か、美緒自身が一番よくわかるだろう。でも、明日の朝には迎えの車が来る。お前を二度とここへ呼ぶつもりはない」

「えっ……？」

美緒は凍りついた。喉まで出かかった悲鳴を噛み殺した。内臓がきしきしと音をたてて軋んでいく。

「そんな……手放したくないと言ってくださるのでしたら、また私を買ってください！　そして、今度はもっともっと長い時間一緒にいられるようにして。お願い……離れるのはいやです……」

涙で視界が曇る。こんなにもはっきりと拒否されるとは……。

石神はそんな気持ちを諭すように、美緒の頭を抱き寄せ、穏やかな口調で続けた。

「年を重ねるたびに痛感するのは、自分の信条を実行し、持続していくのは、とてつもないエネルギーが必要だということだ。私はこれからも作品を作り続けなければならない。他人がどうこう言うからじゃない、自分がそうしたいからだ。七瀬美緒という素晴らしい女性に出会い、そこから与えられたものを膨らませ、自分自身にも誇れるさらなる高みを目指す。それが私の生き方だ。ひとりの女に執着することはしない」

美緒の胸の奥底に冷たいしずくが落ちていく。

雨音が急に強くなった気がした。あふれでた涙がひとつ落ちふたつ落ち、逞しい胸を濡らしていく。

(嘘だと言って……。お願い、お願い……)

石神の胸が、まるで死刑台のように思えてならない。

だが、確かに言う通りだ。石神のような有名な彫刻家が、美緒と別れたところで、その悲しみを引きずる時間などほとんどないだろう。

次々に舞い込む仕事をこなし、新しい作品へと情熱を傾ける。美緒との思い出は、作品という形で昇華され、やがてそれも過去のものへと変わっていく。

様々な女たちとの蜜月があったからこそ、優れた傑作を世に出し、今の石神にまで

昇り詰めたのではないだろうか。美緒を失っても、石神は地位も立場も一切揺らぐことはないのだ。

石神を繋ぎ止めておけるものなど何ひとつ持たない美緒は、改めて自分の無力さを思い知った。

「わかりました……先生を困らせるようなことは言いません。でも、最後に……最後に抱いてください」

美緒は請うように石神を見つめた。

ぽっかりと空いた心の虚しさを埋めるように、美緒は何度も何度も……それこそ気がふれてしまいそうなほど石神を求めた。

愛しい石神のペニスが穿ってくる。

女膣も、アナルも……粘膜の隅々まで石神で満たされる。

忘れたかった。こんな男は忘れたかった。突かれまくって、躰が破壊するくらいめちゃくちゃにされて、記憶ごと消滅できたらどんなに楽だろう。

（ああ……先生……）

これが最後なんだと思うと、驚くほど五感が冴え渡った。

全身で石神を感じようとするエネルギーが満ち満ちてくる。深々と嵌め込まれた愛しい肉棒を、奥の奥まで受け入れ、その証を躰に刻み込む。まるで生涯消えることのない刻印を求めるように。

焼けつくうねりが奥から迫ってきた。苦しさの向こう側に、手を伸ばせば届きそうな光芒が見える。

美緒が達する瞬間、濁流が喫水線を越えて総身を呑み込んだ。

意識がふっと飛び、かつて経験したことのないほどの高みへと放り上げられる。それは、全身が咆哮するような苛烈なエクスタシーだった。

全てが終わった瞬間、せき止めていたダムが一気に開け放たれるように、涙がとめどなくあふれでてきた。

もう夜が明ける。まもなく迎えが来るだろう。

「本当は先生と離れたくない……私はどうしても行かなければならないの？」

繋がったまま、美緒は責めるように訊いた。

「美緒、よく聞くんだ。物事に偶然はない。美緒が私と巡り合い別れることは、お前にとっても必然的なことだったんだよ」

「いや……。先生との別れがこんなに早く来るなんて……。私はそこから何を学べば

いいの？」

その言葉に、石神は真っすぐに美緒を見つめ、眼力を強めた。

「強くなるんだ。孤独に耐えうる精神と手段をしっかりと持ちなさい」

石神の温かな手が背中を優しくさする。

涙が止まらない。美緒はしゃくりあげながら頷くのが精一杯だった。最後くらいは綺麗でいたいのに、神様は何て意地悪なんだろう。

柔らかな朝の光が注ぐアトリエで、美緒はもう二度と嗅ぐことはないだろう愛しい男の香りを、思い切り胸に吸い込んだ。

第七章　機長と先輩と

1

「なかなか色っぽくなったじゃないか」

ランジェリー姿でたたずむ美緒を眺めながら、バスローブに身を包んだ堂本が薄笑いを浮かべた。ロックグラスを片手に少し赤らんだ顔からは、かなりご満悦の様子が窺える。

ここは、西新宿の夜景が一望できる高級ホテルのスイート。

二つのベッドルームとバスルームが連なる贅沢な室内と、きめ細かなサービスが提供される、選ばれた者しか踏み込めない空間だ。

堂本が手元のリモコンを操作すると、落ち着いた光沢を放つ濃紺のカーテンが、無

機質な機械音をたててゆっくりと開いていく。

宝石をちりばめたような絶景をバックに、コーラルピンクの可憐なブラとパンティだけの美緒が大きなガラス窓に映し出された。

「どうだ？　石神には十分可愛がってもらえたか？　迎えの車に乗るのを拒んで、ずいぶんと監視役を手こずらせたそうじゃないか」

美緒の気持ちを逆なでするように、堂本は鼻で笑った。

革張りの豪華なソファーでバーボンを啜るしたり顔。その隣では里沙子が目を潤ませている。久しぶりの再会で感激しているようにも、見方によっては不安を抱えているとも受け取れる表情だ。

里沙子は相変わらず美しかった。ブラックシフォンのワンピースが、肌の白さとノーブルな雰囲気を際立たせている。


あの日、美緒が石神のアトリエを出ると、運転手つきの車で自宅へと送られる手はずが整えられていた。

石神は「せめて車まで見送ってほしい」という美緒の願いを最後まで拒否し、次の作業の準備を始めていた。わざと美緒を突き放すように「元気でな」と、今生の別れ

を匂わす口ぶりで笑っただけだ。

荷物をまとめた美緒は、裏門から出る瞬間、わずかな期待を胸にもう一度振り返った。緑に囲まれた大邸宅、立派な庭園、そして石神との思い出がいっぱい詰まったアトリエ。だが、石神の姿はない。

深みのある松の緑が目に沁みる。朝空はどこまでも冴えた青色で、残酷なほど澄み渡っている。ふと、池の脇に目をやると、初夏には美しい花が咲き誇るだろう藤棚から伸びた長い花穂が、美緒を励ますようにそよめく風に揺れた。

そのとたん、美緒は崩れるようにしゃがみ込み、声を殺して嗚咽した。込み上げてくるものを必死に抑えようと、ただただ、肩を震わせるだけだった。

「早くしろ」

監視の男たちに腕を取られ、待機していた車の後部座席へと押し込まれる。あとは、被疑者のごとく両側から二人の男にはさまれた無言のドライブだ。

石神との悲しい別れに、涙でぼやけた車窓の風景が流れていった。

「許可が出るまで外出は禁止だ。必要なものは言えば用意する。最初に言っておくが、携帯電話は全てチェックしている。通話もメールも、常にこちら側で把握しているの

を忘れるな」

自宅に到着した美緒は、二十四時間監視の身であることを告げられた。玄関先には常時男が見張っていて外出もままならなかった。

つまり、身の自由などない廓《くるわ》から出られぬ遊女同然だった。

孤独で長い夜が過ぎていく。ベッドに入ってもなかなか眠ることができず、何度も寝返りを打ってしまう。そして時折、鬱積していたものが一気に爆発し、むせび泣いてしまうのだ。

石神は「孤独に耐えうる精神と手段を持て」と言った。そして、そうすべきだと無理やり自分に言い聞かせた。

つらい別れを乗り越えた先には何があるのだろう。この悲しみに値するだけの輝かしい風景は広がっているのだろうか。

一週間が過ぎた。

誰とも言葉を交わさず、誰からも必要とされない、自分の存在などまるでないかのように過ぎて行く日常。孤独というものがこれほど苦痛なのかと、改めて思い知らされる。

もう限界……と思った矢先、監視の男から堂本が呼んでいることを告げられた。

(キャプテンが私を……)

気の進まない美緒だったが、拷問にも似た孤独の時間と、「里沙子も一緒だ」という一言が気持ちを変えさせた。一刻も早くこの独房のような部屋から逃れたかった。

ホテルの部屋に通されると、ソファーに腰かけた二人が顔を上げた。

里沙子は美緒を見たとたん、目の端を潤ませている。堂本は、「久しぶりだな」と皮肉めいた笑顔でグラスをかかげると、いきなり服を脱ぐよう命じてきたのだ。

堂本にはフライトのたびに躰を求められていた。少なくとも三日に一度は、体の関係を強いられていたことになる。だが、ここ十日間は空いていた。

一瞬、ためらった美緒だが「私には、もう残された道はこれしかない」と、唇をキュッと結び、小花柄のブラウスとミニスカートを脱いでいく。

「肌もしっとりして艶めかしい。おい里沙子、美緒がどれほどいやらしい女になったか身体検査をしてみるぞ。お前も脱ぎなさい」

「はい……キャプテン」

里沙子は戸惑うように立ち上がったが、やがてドレスを脱ぎ始めた。

背を向けたまま、背中のファスナーをおろすと、スリットから黒いレースのランジ

エリーが顔を覗かせる。ストンと輪を描くように落ちたワンピースの中心には見事な脚線と、上品な黒いレースのTバックに包まれたキュッと持ち上がったヒップが続いていた。

「美緒……会いたかったわ。どんな時もあなたを忘れたことなどなかったのよ」

そう瞳を潤ませながら歩み寄り、美緒をきつく抱き締めてくる。

（ああ、先輩の香り……）

昨日までのすさんだ心が、温かく柔らかなもので包まれていく。長い航海を終え、故郷に帰ってきたようなこの懐かしい匂いは、すり減った精神を癒し、穏やかに安定させてくれる。

悪夢のようなオークション、石神との蜜月、つらい別れ……孤独な時間を反芻しながら、美緒もまた里沙子のスレンダーな躰を力いっぱい両手で抱きとめた。

不意に汗臭い石神の匂いを思い出す。

浅黒い肌と筋肉質な体軀。舞い上がる炎に包まれたような熱く激しいセックス……。

不思議だ。そこにいないからこそ、石神の存在をさらに色濃く感じてしまう。

（もう忘れなくては……）

運命は自分の心の持ちようでいくらでも変えられる。いつまでも悲劇のヒロインに

浸っていては、人生の楽しみを放棄しているようなものだ。

「美緒、綺麗になったわね。ううん、美しいだけじゃないわ、何かこうまとっているオーラが変わったみたい……」

その言葉は間違っていない。美緒は自分でも知り得なかった自分に出会い、反対に排除すべきものを捨てつつあった。

裸になるよう命じられた二人は、堂本が座るソファーのすぐ前で、立ち姿のまま絡み合う。里沙子の唇が重なり、柔らかな乳房が押し当てられる。女の躰とは、こんなにもはかなくて、すべらかだったのかと、久しぶりに触れた肌に心をときめかせてしまう。

今は、我を忘れるほど満たされたい。美緒は、すべるようにおりてきた里沙子の細くしなやかな指が、火照り始めた女陰に這うのを感じながら、太腿をゆっくりと開いていった。

くすぶり始めた情欲の火種が次第に大きくなっていく。

「よし、いいだろう。二人ともベッドに膝をついてこちらに尻を向けなさい」

これからという時、堂本はわざとそれを中断させ、隣室のベッドルームへ二人を促した。

真っ先に里沙子がベッドに上がる。

「ああ、キャプテン……こうでしょうか？」

愁いを滲ませた瞳で振り向き、白桃のような尻をふるふると揺らしている。潤沢に熟れた秘貝を晒すその姿は、以前の里沙子からは想像もつかぬほど、妖艶で大胆極まりない。

しばらく会わぬ間に、堂本好みの奴隷として飼い馴らされてしまったのだろうか。

「美緒、早く来て。一緒に可愛がってもらいましょう」

濡れた瞳が切なそうに訴えてくる。シルクのようにすべらかな肌はどこまでも美しい。ぷるんとしたヒップは高級なフルーツのようだ。

「美緒……早く」

わずかに緩んだ微笑が美緒を誘う。逃げられないのよ……とでも言いたげな唇は、恥肉と同じ薄桃色に濡れていた。

「ああ……先輩……」

美緒は魅せられたようにふらふらと歩み寄った。

「そうよ、いい子ね。さあ、私と同じポーズを取るのよ」

逡巡しながらも、美緒は里沙子の美尻と尻を並べる形で四つん這いになった。

堂本がリモコンを操作すると、ベッドルーム側のカーテンも中央からゆっくりと開き、華やかな夜景をバックに、乳房を揺らした二人の裸身が正面のガラスに映った。

2

奇妙な光景だった。宝石をちりばめたような夜景と、獣のポーズを取らされた二人の女。ガラス一枚隔てた世界はあまりにも違いすぎて、里沙子とともにそのタブーな空間にいることが美緒の細胞をざわめかせた。

「ああ、キャプテン……」

里沙子がねだるように尻を振る。グラス片手に後ろに立った堂本には、二つの女貝はもちろん、並んだアナルまで丸見えだろう。美緒は思わず尻たぶを引き締めた。

「いい眺めだ。二つのヴァギナ越しに見る夜景は最高だな」

堂本が満足げに酒を流し込む。

触れられもせず、ただ見つめられているのはこの上なく恥ずかしい。しかも里沙子と比べられている。

「里沙子の尻はまさに食べ頃の桃だな。よくくびれた腰から美味しそうに熟れた桃が『早く食べて』といやらしく蜜を垂らしている。未熟だったピンクの花びらがここま

で肉厚に育つとは思わなかった。極上の尻とヴァギナだ」

「ああ……あ、ありがとうございます」

恥ずかしさを滲ませながら、里沙子は今にも消え入りそうな声で答える。

「美緒の尻はまだまだ若いな。張り詰めた果肉がぴっちりと詰まっていて、熟れるまでもう少し時間がかかりそうだ。花びらは前よりも大きく育ったようだが、ペニスにまったり絡みつくまではもう少し時間を要するな。おお、放射状に伸びたアナルのシワが綺麗だぞ。しかもかなり開発されているようだ。バラの蕾のようだったアナルがぽっかりと拡張されたとみえる」

「ああ、やめてください……言わないで」

自分の秘めやかな場所を口にされ、美緒は恥ずかしさに顔を歪めた。

「さてと、どっちのヴァギナから味見しようか」

堂本は二つの尻に交互に勃起をなすりつけながら、もったいぶるように問いかける。

そそり勃つ肉塊の肌触りに、美緒は身を固くした。

「はァ……キャプテン」

「おや、里沙子はもう我慢できないのか？」

「い、いえ……そんなこと……」

里沙子は明らかに「欲しい」と訴えている。どこまでも清く貞淑な里沙子に憧れる半面、それを思い切り裏切る卑猥な姿に、美緒の胸がズキンと震えた。

「いいだろう。里沙子から先に入れてやろう。いくぞ！」

「アアアァァ……ッ!!」

里沙子の躰が跳ねた瞬間、美緒も恥肉を穿たれたように身を反らした。いきり勃った熱いものが自分の女肉にも打ち込まれたように錯覚したからだ。

「アウッ！　キャプテン……」

「おお、ヒダがねっとりと絡みついてくる。美緒と一緒だと本当によく締まる。ほら、自分で腰を振ってみろ」

堂本が美緒を手放さないのは、里沙子が美緒を気に入っているからとも考えられる。自分の麗奴が、美緒がいることでさらに妖艶な姿を晒すことは、主人としては願ってもないことだろう。しかも元ミス・キャンパス。帝都航空でも屈指の才色兼備だ。

最初は控えめに、だが次第に激しく腰を振る様子が窓に映った。

ゆさゆさと揺れる振動が、高級なスプリングマットから伝わってくる。衝撃のたびに振り乱す里沙子のなめらかな髪が美緒の肩や頬を打つ。甘い香りは汗や体液と混じり合い、部屋には濃厚な香りが充満した。

（ああ、先輩が感じている……あんなに力強く突き上げられて……なんて気持ちよさそうな顔しているの）

美緒の下半身は言いようのない興奮に包まれた。歓喜の悲鳴は一打ごとに激しさを増している。肌と肌がぶつかる音がリズミカルに鳴り渡り、半テンポ遅れで高めの喘ぎ声が響くのだ。

「アアッ……アアッ……ウゥン……」

いつの間にか喘ぎは二重のハーモニーになっていた。知らず知らずのうちに美緒も差し迫った声を漏らしていたのだ。

「おお、美緒も感じているようだな。よし、次は美緒の番だ。里沙子、抜くぞ」

「ああ……ま、待ってください」

「ダメだ、里沙子はオナニーをしていなさい」

「アッ……いやァ……ァ」

里沙子は振り返って必死に懇願したが、堂本は弾みをつけて屹立を抜いた。

「ウ……ン……キャプテン、ひどい……」

未練がましく小刻みに震える里沙子の尻に、堂本が一瞥をくれる。

（次は私……）

美緒は、熱い男根が躰を裂いて侵入してくるあの極上の瞬間を秘かに待ち望んだ。

恥肉もアナルまでもが、ヒクついているのが分かる。

「里沙子はしばらく一人で遊んでなさい。ただし、ちゃんとイカないと許さんぞ」

「ァァ……ア……はい」

不完全燃焼のまま放り出された里沙子は、四つん這いの太腿の間から右手を後ろに回した。わずかにネチャッネチャッと水音が聞こえてくる。早く戻ってきてとでも言うように、再び尻を前後に揺らしながら、媚びるメス犬のように高く細く鳴いている。

「さてと……」

堂本は片手で美緒の腰を引き寄せ、濡れた花園に肉棒の先をあてがった。

「美緒、どうしてほしい？　いきなりずっぽりと奥まで入れてほしいか？　それとも思い切り焦らしてほしいか？」

ヴァギナからアナルへと、ペニスがゆっくりとワレメをなぞり上げてきた。

「ウゥ……」

恥じらうそぶりをしてしまうが、本当はもう待ちきれない。

欲しくて欲しくてたまらない。

「こんなにはしたないマン汁をあふれさせて、ここに早く欲しいと言ってるぞ。どう

なんだ？」

「ああ……申し訳ありません……」

美緒は恥ずかしさでうつむいた。焦らされ辱められ、許しを請うことが美緒をさらにときめかせる。もう我慢できない。ああ、硬いペニスが欲しい。

入れて、入れて。

「アアアッッ……イクッ、イクッ！　イクわ……アアっ！」

その時、隣でオナニーを強制されていた里沙子が、湿った空気を打ち破るように大声で叫んだ。その乱れぶりは美緒の恥じらいなど一気に消し去るかのようだ。

躰を痙攣させながら絶頂に達した里沙子の首筋には血管が浮き出て、恍惚に震える唇からは一筋のよだれがタラリと糸を引いている。突っ伏した里沙子の、卑猥であまりにも美しく悩ましい表情が、いやでも瞳に焼きついた。

「ああ……先輩」

「すごいイキっぷりだな。美緒、お前はどうするんだ？」

ペニスがなじるように突いてくる。

欲しい。早くその猛る肉棒で思い切り貫いてほしい。

「……入れて……入れてください。ああ、お願いです」

思わず口からこぼれた。

「よし、やっと言ったな。ほら、くらえ！」

突き出した尻にギュッと指を食い込ませた堂本は、ペニスを膣口に二、三度当てこすると、狙いを定めて一気に膣奥へと押し入ってきた。

「アアア……ァァァッ……ッ！」

「おお、さすがに若い。相変わらず窮屈な肉路だ。弾力もずいぶん増したようだな。ズブズブとめり込んでいくぞ」

堂本はその感触や締まり具合を再確認するように、ゆっくり、そして一打一打確実に蜜壺の核心を貫いてきた。

「うむ、粘り気も十分だ」

「アアッ……ウゥ」

窮屈な肉路が、一撃ごとに確実に奥深くまで開け放たれている。衝撃のたびに鳥肌が立つほどの快楽が背筋を走り、うなじから脳天へと突き抜けていく。躰の中で眠っていた不死鳥が、熱いうねりとともに天に昇っていくようだ。

「ハアッ、ハアッ、アァ……ッ、気持ちいいッ！」

おそらく子宮口まで届いているだろう肉棒が、忘れかけていた膣粘膜の快楽をよみ

がえらせる。

「どれ、さっきからヒクついてるここはどうだ？」

結合したまま、堂本の指がアナルの皺を伸ばすように丸くなぞってくる。

そのこなれた指使いに、自分でも驚くほど甘い声が漏れた。

「おお、すごい食い締めだ。そうか、やはり美緒はアナルが好きなんだな」

「……っう……違う、違います……あうっ」

「隠しても無駄だ。ほら、どんどん締まってくる。おい里沙子、里沙子！」

隣で横たわっていた里沙子が、けだるそうに薄目を開けた。

「里沙子、アレを持ってきなさい」

その言葉に、完全に目を見開いた里沙子は、ふらふらと起き上がるなり隣室へと消えていく。

（な、なに……？　キャプテンは何を命令したの？）

不安に思いながらも、食い締めた男根を離すまいと、なおいっそうきつく締まっていく女の器官が、美緒を戸惑わせる。

「もっとよがらせてやる。いったん抜くぞ。今度はお前が上になる番だ。来い」

仰向けになった堂本は、美緒を誘うように屹立を振りかざす。ギュッと握られた男

根は亀頭が真っ赤に充血し、赤黒い血管がぷっくりと浮き出ている。

美緒は魔法にかかったように目を離すことができないまま、おぼつかない足どりで堂本にまたがった。片手を筋肉質の腹に置き、もう片方は後ろ手でペニスを握りながら自ら秘唇にあてがう。

（あ……私の姿が……）

目前のガラスには相変わらず美しい夜景が広がり、今まさにその男肉を食らおうと腰を沈める貪欲な自分の姿が映り込んでいた。

「ウゥウウッ……アア……ッ!!」

粘膜が割り裂かれる甘い衝撃が、卑猥な粘着音とともに襲ってくる。

「おお、さっきよりもキツキツじゃないか」

「あ、ああ……ダメ」

「ダメと言う割には腰を振ってるぞ。ほら、もっと激しく揺すってみろ！」

「アアァァ!!　熱い……熱いの……アァッ！」

美緒は両乳房をわしづかむと、それを見せつけるように激しく揉みしだいた。

ピンと勃った乳首を絞り上げながら、あさましいほど前後上下に腰を振り続ける。

時折、尻をグラインドさせて肉棒に強烈な圧をかけていた。

「おお、すごいぞ、美緒」

その時、里沙子が入ってきた。

思わず振り向いた美緒の目が、ただ一点に注がれる。

3

「里沙子、それじゃないだろう。後ろ用のを持って来いと言ったはずだ」

美緒の声を遮るように堂本が咎めた。

「あ……申し訳ありません……。すぐに替えてまいります」

顔を赤らめた里沙子の腰元には、黒々とそそり勃つ人工のペニスが装着されていた。

それは、かつて美緒が挿入までされたあの器具に違いない。

「待て。そうだな……それで同時にアナルを塞ぐのも面白い」

恐ろしい言葉に、美緒は凍りついた。

「同時に……って、まさかキャプテン……。い、いや……絶対いやです……躰が壊れてしまう」

「やってみなきゃわからんぞ。さあ、里沙子、ここにくれてやれ」

堂本は下からしっかりと美緒を抱え込んだ。懸命にもがくが、男の腕力にはとうて

い敵わない。

「アァッ……キャプテン、離してください。お願い……許して！」

「里沙子！　命令だぞ」

抵抗する美緒の尻をめがけ、里沙子が神妙な顔でじりじりと迫ってくる。

「美緒……命令には背けないの……我慢して」

美緒は言葉を失った。

石神に捧げたとはいえ、アナルに異物を挿入するのは相当なダメージがある。また、二か所責めを経験済みでも、あの時は小さなピンクローターだった。

だが、今回はどうだろう。野太いペニスを前と後ろから二本同時に入れられるのだ。

「い、いや……来ないで」

「美緒、後ろの孔をじっくり見せて。痛くないようにほぐしてあげる」

腰をかがめた里沙子が背後から結合部分を覗き込む。

「アァ……やめてください」

「美緒の恥ずかしいすぼまりが丸見えよ……肉色のお口がキュッと閉じて怯えてるみたい……ここはどんな香りかしら」

まるでスイッチが入ったように、里沙子の声はサディスティックな色を含み始めた。

肛門のヒダに鼻先が触れる。

「アァッ……いやァ……アァ」

洗浄器で洗浄しても、おそらく完璧には消えないだろうあのおぞましい匂いをクンクンと嗅がれるのだからたまらない。堂本の腕の中で、美緒は必死にもがいた。

「ああ……いい香りよ。美緒の美しさからはかけ離れたニオイ。あら、泣いているの……じゃあ、もっと気持ちよくさせてあげる」

次の瞬間、排泄のすぼまりに生温かなものが差し込まれた。

「くぅう……ッ……」

里沙子は舌先を尖らせ、粘膜の奥までレロレロと刺激してくる。

屈辱感と同時に、天にも昇るような爽快感が広がるのを抑えられなかった。

(うッ、何て気持ちいいの。もっと舐めて。もっと奥まで)

思わず出そうになる言葉をこらえていると、堂本が叫んだ。

「おおっ、ペニスがちぎれそうで痛いくらいだ。里沙子、美緒のここはイソギンチャクみたいによく締まるぞ」

その言葉をきっかけに、アナル周りをほぐすように動いていた指がヌーッと入ってきた。

「ヒイ……ィ……ィ……ッ!」

背筋に冷水を浴びたような衝撃が走る。挿入された指が肛門粘膜をリズミカルに乱打するたび、美緒は躰をわなわなと震わせた。

「すごいわ……ウゥ……指が折れちゃいそう」

「口ではなんだかんだ言っても、結局はよがっているんだから仕方のない奴だ。そろそろアレを入れてみるか。」

「はい、キャプテン」

里沙子は足元にあった小さめのボトルを取り上げた。化粧品と見間違えそうなほどキュートなピンクの容器からは、ほのかにチェリーの香りが漂ってくる。

「……アァ……いやよ」

「大丈夫よ。ローションをたっぷりつけるから安心して」

手のひらに出したジェルを、人工のペニスに塗り込める。甘い香りが立ち込め、ニチャニチャとした粘着音が美緒の全身を固くした。

「さあ、ここもヌリヌリしましょうね」

あやすような口調で、アナルにもひんやりとしたジェルをまぶされる。

「アァ……ッ……冷たい」

「ほら、力を抜いて。中までちゃんと塗ってあげる。そう、そうよ。言う通りにしていれば何も怖いことはないわ」

「ウッ……ウゥッ」

美緒はもう抵抗しなかった。里沙子の舌と指の洗礼を受けるのが精一杯で、あとは少しでも衝撃を和らげようと、全身を弛緩させることに集中する。

「美緒、入れるわよ。思う存分味わって」

「キャァ……ッッ……アァッ!!!」

「ウウウゥウゥウ……ッ……ッ!!」

ほぼ同時に三人が叫んだ。

デリケートな菊門をディルドーでズブリと犯された美緒は、アナル粘膜を鋭利な刃物で切り裂かれたと思うほどの冷たく強烈な痛みを覚えた。石神で経験済みとは言え、人肌と器具では硬さも温もりも全く違う。

その激痛がじわりじわりと肛門周辺にも広がり、呼吸さえままならない。破壊された毛細血管にジェルがチリチリと浸みていく。

だが、痛みと同時に、得体の知れない気持ちよさが湧き上がってくるのも事実だった。

「これはスゴイ！　ペニバンの先が当たっているぞ。里沙子、もっと奥まで入れてく

れ」

「は、はい……キャプテン、こうですか？」

限界までこじ開けられたアナルのヒダが、さらにメリメリと伸ばされていく。

「ギャアァ……ァァ……ッ！　や、やめて……ゥゥッ……」

「おお、最高の感触だ。凝縮した粘膜と里沙子のバイブがいっせいに責めてくる。美緒、力を抜いているんだぞ」

堂本は美緒をがっちりと抱き締めたまま、その粘膜越しにある人工ペニスを小突くように腰をズンとせりあげた。

「アァ……キャ、キャプテン……苦しい……ああ」

「大丈夫よ、美緒。それがやがて忘れられない快感になるの」

ぷるぷると震える美緒の尻を、里沙子がゆっくりと撫で回す。

「あ……う……先輩……うう」

わずかの振動でもアナルが刺激され、鋭い痛みが襲ってくる。後ろから回された里沙子の手は、肉ビラをあやし、肉棹の根元を握る。

「おお、いい気持ちだ」

堂本が陶酔の声をあげた。

「美緒、あなたは幸せ者ね。女の器官も後ろのすぼまりもこんなに愛されて」

里沙子がゆっくりと腰を使い始めた。

「ゥゥ……アウゥウ……い、痛い……ああ」

「苦しい？　大丈夫よ、切れてはいないから安心して。ローションをもっとつけてあげるわね」

後ろの孔に冷たいジェルが垂らされる。里沙子の指で丁寧に塗り込められると、抜き差しはスムーズになった。躰の強ばりがふっと緩んでいく。

「ああ、お尻が……」

「ほら、楽になったでしょう」

液が浸透していくにつれ、肛門粘膜のすべりは思いのほか軽やかなものへと変化していった。

不快な窮屈さが薄れ、恐怖もいくらか和らぐと、美緒は石神に教え込まれたアナルセックスを徐々に思い出した。そうだ、この摩擦だ。この刺激が美緒の中にいたもう一人の美緒を目覚めさせる。

「ああ、お尻が……気持ちいい……アァ」

大きく息を吐き、里沙子の動きに合わせてわずかに尻を揺らしてみる。

「そうそう、上手よ。ほら、もうほとんど根元まで入っている。美緒、すごいわ」

(あんな大きなペニスをお尻で呑み込んでしまったなんて……)

自分はどこまで貪婪《どんらん》なのだろう。だが、腰の振りは止められない。狭い肉路を行き交うごつごつした硬さは、次々にあふれる快感を運んでくれる。後ろめたさと快楽はいつだって紙一重だ。

「よし、前からも行くぞ」

タイミングを見計らったように、堂本がグッと腰を入れてきた。

「ウウッ！　ゥゥ……アァン……アァ!!」

「ああ、キャプテン……当たっています！　里沙子もわかる……キャプテンの硬いものが当たっています」

「おお、さっきよりも激しくぶつかっている。美緒の締めつけと里沙子の衝撃がたまらんぞ！」

美緒の奥深くで、堂本の男根と里沙子の操る人工ペニスがぶつかり合っている。犯される、というよりは、全身を乗っ取られ支配される、という表現の方が適切かもしれない。二本の侵入者は、やがて互いに命中させるかのように激しく挑発し合う。

「ああ、そんなに激しく……アァッ！　もうダメです」

粘膜を破壊されるほどの圧力と、同時に二つの孔を塞がれるタブー感。圧倒的な強者に屈服する悦び。

美緒の興奮の細胞が一気に弾けた。

「すごいぞ、さらに締めつけてきた」

「後ろもです。さっきよりもキツくて……ああ」

「里沙子、このまま美緒をイカせるぞ」

「わかりました。ねえ美緒、聞こえた？」

里沙子が、わなわなと震えている美緒の尻をピシャリと叩いた。

「アアアァ……ゥゥ……ン……イヤァ……ァ……ッ！」

その言葉を合図に、美緒の孔にずっぽりと埋まっている二本のペニスが、呼吸を合わせたようにピッチを上げる。

はさまれた肉が、粘膜が、これでもかと凌辱される。

同時に挿入した二本が薄皮を破らんばかりにグリグリと搔きこすり、またある時は、片方が入るともう一方が退き、精巧な機械仕掛けのような押し引きが行なわれる。

堂本と里沙子は綿密な打ち合わせでもしていたかのように、見事なコンビネーションで二つの女孔を責めさいなんでくる。

粘膜がすり潰される刺激に美緒は呻き、叫び、激しく身悶えをした。

「アァッ！　イヤァ……死んじゃうゥ……ッ!!」

「嘘おっしゃい。こんなに美味しそうに呑み込んでるじゃない。ああ……ほら、またキャプテンのオチンチンとぶつかった……ああ最高だわ」

「イヤアァァ！　お願い！　許してぇ……！」

「美緒、素直になって。あなたは感じているのよ。こんなにいっぱい咥え込んで……これが真実の姿なのよ」

「よし、一気にいくぞ。インランな美緒にとどめを刺してやる！」

「アァ……許して……」

ズリュッ、ブチュッ、と肉の弾ける音がする。

(私はインラン……？　ああそうだ、インランだ。アソコとお尻にペニスを入れられ、恥じらいながらも、もっと、もっとと尻を振ってねだっている。恥ずかしい私を見て。もっとオモチャにして……)

躰の中で荒々しいエネルギーが炸裂する。

「すごい、ここまでの食い締めは初めてだ」

「……ゥゥ、イイの……気持ちイイ……ああ、アソコも……お尻も……気持ちイイの

ッ！」

膣もアナルももう限界だった。それでも美緒の動きは止まらない。

女膣の奥底から吹き上げる熱いうねりに加え、直腸粘膜を直撃する竜巻のような快感が、絶頂間際まで昇り詰めた美緒をさらに混乱させる。

幾重もの肉襞が決して離すまいといっせいに男根を締め上げ、蕾のように恥じらっていたすぼまりは、もはやあられもないほど大胆に広がり太い根元まで頬張っていた。

「アアッ、熱いッ！　イクッ……イッちゃう……アアアアァ……ンッ!!」

「イケ、美緒ッ！　オオォォォォォ……ッッ!!」

二本のペニスが示し合わせたように奥の奥まで穿たれる。

渾身の一撃を見舞われた美緒は、串刺しにされたままの姿勢で、全身をビクンビクンと痙攣させた。息も絶え絶えに、汗と体液にまみれた躰で絶頂の嵐を受け止める。

膣深くで堂本が男汁を放出するのが分かった。

「ウゥ……ウゥ……ン」

里沙子がペニバンをゆっくり抜くと、すでに限界を超えていた美緒の尻は堂本のペニスを咥えたままその場に崩れ落ちた。

第八章　特別フライト

1

「皆様、ただいまより、本日デビューを迎えました七瀬美緒のお披露目をさせて頂きたいと思います。どうぞ、キャビン中ほどまでお越しください」

離陸から三十分後、アナウンスが流れると、機内は静かな興奮に包まれた。

乗客たちがキャビン中央に集まって来る。この特別機の中央には円形のステージが設置され、その周りを取り囲むように、ラウンドしたソファーが置かれた特殊な作りになっていた。

制服姿の美緒が、緊張した面持ちでステージに立つと、淡いスポットライトが浴びせられる。

「皆様、本日、白ユリ会の特別チャーター便で初フライトをさせて頂きます、二百三十期・七瀬美緒です。どうぞ宜しくお願い致します」

深く一礼し、改めて乗客ひとりひとりを一瞥した。

ゆったりとしたソファーで身をくつろげる乗客は、二十人ほど。皆、好奇と欲情を滲ませた目を光らせながら、熱い視線を注いでくる。ウェルカムシャンパンと軽食でほどよく満たされた客たちは、次の欲望を満たすべくその触手を蠢かせているようだ。

「美緒、記念すべきお前のデビューフライトだ。さあ、早く制服を脱ぎなさい」

「……はい」

シートに座ったまま命令する堂本の居丈高な声に、美緒は内心戸惑いを見せたが、凛とした表情を崩すことなく、ひとつひとつボタンを外していく。

そう、私は白ユリ会に選ばれたＣＡなのだから。大切なお客様を快適に、安全に目的地までアテンドすることが使命なのだから……。

石神との別離から二カ月間、美緒は悲しむ間もなく、このフライトに向けての特別調教を、堂本と里沙子によって徹底的に受けた。白ユリ会では、オークションにかけられ、主人となる男性との契約の他にもう一つの大切な任務があった。ＶＩＰ専用・

少人数制のスペシャルフライトのアテンドである。

今日のフライトは、成田から南太平洋の小島に向かう、白ユリ会の特別チャーター便だ。夜九時に離陸した飛行機は、八時間後には白い砂浜とエメラルドグリーンの海に囲まれた「海の宝石」と呼ばれる島に到着する。

周囲を見渡すと、世間ではいわゆるＶＩＰと呼ばれる者ばかり。政治家、資産家、企業幹部、有名スポーツ選手や大御所タレントなど、あらゆる分野で活躍する大物がずらりと並んでいる。

到着までの八時間、美緒たち二十五名のＣＡは、最高のサービスと真心でもてなさねばならない。

当然、ＣＡたちのクオリティも制服もサービス内容も、通常とは全く異なったものだった。

どのＣＡを眺めても、気品ある美しい顔立ちと、極上のスタイルと脚線美を備えた、圧倒的な魅力を誇る美女揃いだ。彼女たちを包む制服は、紺色のジャケットとスカート、鮮やかなピンクのスカーフ、中央に白ユリの会章のついた制帽だ。ただし、スカート丈は膝上二十センチの短さにデザインされている。

白ユリ会のＣＡは、東京・大阪・福岡の三都市で、約百名にのぼるが、このような

スペシャルフライトのメンバーにアサインされることは、非常に難関かつ名誉なことだった。会社でのポジションや給与面でも、他のメンバーとは段違いに優遇される。言いかえれば、スペシャルフライトメンバーに選ばれてこそ、白ユリ会に入った意味がある。

選ばれたＣＡしか乗務できないフライトに、美緒は今日華々しくデビューするのだ。

（里沙子先輩……梨奈……）

乗客の脇には、それぞれ担当のＣＡが立ち控えていた。

堂本の横には里沙子が、Ｖエアライン会長の隣には同期の梨奈が、寄り添うようにたたずんでいる。彼女たちも、知性と美貌、人気を認められた選抜メンバーだ。

白ユリ会幹部である堂本は、この便の責任者でもあり、今回は里沙子がパーサーを務める。

視線を向けると、励ますような笑みを返してくれる里沙子と梨奈に、美緒の気持ちが少しだけ和らいだ。

「さあ、美緒」

堂本に再度促され、美緒がジャケットを脱ぐと、デコルテから乳房の膨らみに沿って大きく開いた、乳輪も乳首もあらわなブラウスが現れた。

「なんてセクシーな制服なんだ」

「乳房も美しい」

「背中まで大きく開いてるぞ」

重力に逆らって、純白のブラウスから上向きに突き出すDカップの膨らみ。その優美な膨らみの上には、まだ未熟さの残るピンクの乳首がツンと勃っていた。

口々から放たれる賞賛の言葉に、シャンパングラスを傾ける堂本もご満悦の様子だ。

美緒は次にスカートに手をかける。ウエストのホックを外し、わずかにかがみながら、ヒップから続く引き締まった脚線へ、そろりそろりとスカートをすべりおろしていく。そうしている間も、常に乗客ひとりひとりに視線を這わせ、上品な微笑を保つことも忘れてはならない。

脱いだスカートがヒールの爪先を抜け、指先からはらりと落ちた。

「おお……」

かがめた躰を立て、姿勢を正すと、粘るような視線が下半身に突き刺さってきた。ヒップからアンダーヘアまでを露出させたセクシーなデザインの網タイツに皆が興奮をあらわにしている。

当然、パンティは着けていない。

脚線美とくびれ、薄目のアンダーヘア、それに加えて露出した乳房……女の聖域を全てさらけ出した身なりは、清廉なCAのイメージからはあまりにもかけ離れている。

だが、この淫靡で悩ましい姿も、れっきとした白ユリ会の制服なのだ。

（ああ、みんなが見ている……乳房も……下半身も……）

誰かがごくんと唾を飲んだ。キャビンの反応に、美緒自身も高揚していくのが分かる。普段テレビや雑誌などでしか目にすることのない著名な男性たちに注目されるのは、ある意味快感だった。

それだけではない。視線でなぶられるのは、極上のアペリティフだ。一度味わってしまったら、そのひと握りの毒を混ぜたような甘さから逃れられない。これがあるのとないのとでは、あとに続くメインディッシュの差は歴然だ。

このあと、重要なメインの催し物が始まる運びになっている。

美緒は自分を奮い立たせようと、笑みを湛えたままゆっくりと深呼吸をした。

「皆様、ゲームの前に、お飲物のお代わりをどうぞ」

控えめなフリルをあしらった裸エプロンのCA二人が、トレイに載せたシャンパンや水割りをにこやかに出していく。

胸の位置にトレイを持った二人は、なかなかの巨乳の持ち主で、ドリンクを選んで

もらおうと、客の目前で腰をかがめる。そのたびに、淡いピンクのシースルーエプロンから、引き締まった美巨乳がぷるぷると揺れているのが透けて見える。

横からも見え隠れしている量感ある乳房は、一人がたおやかな釣鐘状に膨らみ、もう一人はロケット乳と呼ばれる挑発的な形状のものだ。

超ミニスカートに加え、乳房もあらわな裸エプロン姿を前にした乗客たちは、じっくりと乳房を鑑賞し、時には脇から乳首をつまみ、嬉しそうにドリンクを選んでいる。

「それでは、皆様にお配りしていたカードをお出しください」

堂本の落ち着いた声が響いた。乗客たちには、あらかじめ番号が記されたカードが渡されていた。

ステージ横にはカジノ用のルーレットがあり、勢いよく回されたルーレットの中に里沙子がダイスを放つ。

弾かれ飛び回っていたダイスは「12」の位置で止まった。

「決定しました。十二番の方です」

堂本の声に、乗客は落胆と歓喜に沸いた。

「よし、当たった！　俺だ」

座席後部にいた黒いスーツの大柄な男が「12」と書かれたカードを高々と上げる。

「鮫島さんでしたか。どうぞステージへ」

中央の舞台に促された鮫島は、醜く突き出た腹を揺らしながらズカズカと歩いてきた。

(鮫島社長……!)

美緒は内臓がきゅっと軋むのを感じた。

かつて化粧室で強引にフェラチオさせた、思い出すのも忌まわしい男だ。

ボーディング時から黄ばんだ歯を見せてニヤニヤ笑う鮫島は、美緒を見つけるなり
「よお、久しぶりだな」とその分厚い手で美緒の肩をつかんだ。あまりの驚きに、一瞬躰が委縮したが、以前の美緒とは違う。精一杯の笑顔で搭乗の感謝を述べたのだった。

(でも、よりによって鮫島社長に当たるとは……)

美緒は人生の巡り合わせの皮肉を思った。

鮫島はステージに上がるなり、堂本に追従するように言った。

「今日は部下も連れてきたんですよ。あいつにもいい思いさせてやってもいいですかね？　もちろん、二人で責める、という意味ですが。ほら小杉《こすぎ》、立ち上がって皆さんに挨拶しろ」

後方にいたグレーのスーツ姿の男は戸惑いながらも、笑みを浮かべて深々と頭を下げた。巨漢・鮫島とは対照的に、小柄で痩せぎすの男だ。

一瞬の間があったが、鮫島の厚かましさには、ここにいる顔見知りのメンバーたちはある程度慣れているらしい。苦笑とともに、どこからともなく拍手が起こる。鮫島の提案した3Pに異論はない、ということのようだ。

「面白そうじゃないですか。皆さんもこうして賛成してくださっている。遠慮なくどうぞ」

堂本の言葉に、客席はざわめき出した。搭乗時には上品を気取っていた乗客たちも、美酒とCAたちの色香に、少しずつ緊張が緩み始めてきたようだ。

隣に仕えるCAのスカートの中に、さり気なく手を潜り込ませる者、すでにジャケットを脱がして、ブラウスからこぼれる乳首に舌を這わす者。後方では、いきり勃った肉棒を咥えさせながらシャンパンを呑む者まで見える。

CAたちは、皆、清らかさと上品さを保ちつつも、主人に仕えるメイドのごとく、心をこめて接客にいそしむ。抑えきれない喘ぎを漏らすCAの「ああ……」という湿った声が、さらに淫らな空間へと色濃く変えていく。

「さあ、美緒、どうしてやろうか」

ステージ上では、美緒が二人の男に好色な目を向けられていた。

「見れば見るほどいやらしい制服ですね。乳首もヘアも丸見えじゃないですか……社長、早くこのおっぱいにしゃぶりついてみたいですよ」

ツンと上を向いた乳首を、嬉しそうに覗き込みながら小杉が言った。額から玉の汗が噴き出している。見た感じ三十代なかばくらいだろうか。キツネのような細い目で美緒の躰を舐め回し、狡猾そうな口許は今にも乳房に吸いつきそうな勢いだ。

「まあ、待て、まずはじっくり鑑賞してからだ」

鮫島は汗臭い匂いを放ちながら、美緒の前・後ろ側に視線を這わせた。

「いい女になったな。こんなにいい躰を制服で隠してたなんて、全くもったいない話だぜ」

鮫島の言葉になぜかアソコが疼いてしまう。ライトに照らされる乳首もキュッと硬くなる。調教や訓練で、すっかり変わってしまったのだろうか。

「後ろを向いてケツを振ってみろ」

「……はい」

美緒は恥じるそぶりで目を伏せたまま、後ろ向きになった。

恥ずかしがること、辱められること……それは、美緒にとって己を昂らせる極上の

スパイスなのだ。男たちの玩具にされることが、自己の快楽の極みであることを、美緒自身もすでに悟っている。

(私を見て……もっと興奮して……)

しなやかな美脚を包んだ網タイツは、張り詰めたヒップを隠すことなく、極上のくびれのラインもさらに強調している。スポットに照らされた尻が、ほの白く浮かび上がっている。

美緒はストリッパーのようにくなくなと腰をくねらせた。ゆっくりと横揺れさせた尻を、時折、背中を反らせて高く突き上げる。客席を振り返って、男たちを誘うように流し目を送る。そして濡れた女の花園を、もったいぶるようにチラリと見せつけるのだ。ああ、見て。もっといやらしい視線で美緒を犯して……と。

「なんとまあ、いやらしい腰つきだ。見えそうで見えないのが、よけいそそってきますねえ」

「美緒、なかなか色っぽいぞ。次は前を向いて、胸も触ってみろ」

向き直った美緒は、尻を振りながら、ブラウスからまろび出た乳房の下を支え、突き出すように揉みしだく。興奮する二人を見つめ、そして時折、潤んだ視線を客席にも向けてみる。

（ああ……なんてこと）

機内の客たちは、ステージに目を向けつつも、ほぼ全員が淫らな行為を繰り広げていた。里沙子も、堂本の股間に顔をうずめている。制帽が上下に打ち振られるたびに、上品な口許に咥え込まれた肉棒が、消えてはまたおぞましい姿を現している。

堂本は責任者として周囲を観察しながらも、自分が楽しむことも決して忘れていない。

美緒自身も込み上げてくる興奮に、冷静さを保つことはできなかった。絞り出されるCAたちの喘ぎ声や体液の滴る音、むせ返る臭気に、頭の中が真っ白になっていく。

「社長！　そろそろ……」

身を乗り出した小杉は、硬さを増したピンクの乳首を目にすると、もう我慢ならないというように、股間をこすり出した。美緒も硬く尖った先端に指を触れ、転がし、その快感を訴えるように、唇から洩れる吐息を荒げた。

「しょうがねえなあ。ほら、美緒、小杉におっぱいしゃぶらせてやれ」

次の瞬間、鮫島は美緒を背後から抱きすくめるように、腋の下から乳房をムギュッとわしづかんだ。小杉の正面にDカップの双乳が絞り上げられる。

「社長、いいんですか？　じゃあ、お言葉に甘えて……」

小杉の唇が間近に迫り、熱を帯びた乳首を生温かな舌がぺろりと舐め上げてくる。ちゅぽっといやらしい音を立てて吸い上げられて、

「アア……ウウン……」

自分でも信じられないほど、甘い声がこぼれでた。

小杉は左右の乳首を交互に吸い、乳輪を丸くなぞり、たっぷりと舐めしゃぶり、十分すぎるほど美緒の乳房を堪能している。

乳首からじわじわと流れる快感の痺れに、全身の力が抜けていくようだった。

「なんだ、気持ちよくて立っていられなくなったか。おや、太腿にオツユが垂れてるじゃないか」

鮫島が目ざとく見つけた。

「ああ……申し訳ありません」

下を見ると、自分でも顔が赤らんでしまうほど、粘り気を含んだ女蜜のすじが網タイツに流れていた。小杉も内腿をじっくりと眺め、細い目を嬉しそうにさらに細める。

「それにしても、いやらしいコスチュームですねえ」

若い乳肉を存分に味わった小杉は、口周りを唾液でべとべとにしてニタついた。

「この色っぽい制服はあえて着させておこう。おい美緒、足を開いて尻を突き出せ」

鮫島が荒々しくベルトを外しファスナーをおろすと、コブラのように黒光りする特大サイズのペニスが急角度で飛び出した。

「おお……」

「デカい」

客席からは、口々にそうこぼす声が聞こえてくる。

剛棒の先端はカウパー腺液で濡れ光り、ライトに照らし出されている。美緒は無理やり巨根で喉奥を犯されたあの日を思い返しつつ、言われた通りに、中腰で尻を突き出して身構えた。

「美緒、ここまで濡れてりゃ、いきなりブチ込んでも大丈夫だな。ズッポリと嵌め込んでやるぞ」

ズボンと下着を脱ぎ捨てた鮫島の大きな手が、後ろから尻をガッとわしづかみにした。コブラの頭が美緒の秘孔を探すべく、ワレメ周辺をゆっくりと上下に這っている。

肉棒と女蜜が奏でる音が、ネチャネチャと響いてくる。鮫島は狙いをつけると、ぽってりと肉厚に膨らんだ果実の中心に、野太い剛棒を容赦なくねじ込んできた。

「アアアァ……ッ！」

焼けた鋼で躰を真っ二つに割られるような、強烈な衝撃が走る。

乗客たちからは、「ほおお」と熱い息遣いが漏れた。

「おおっ、きついぞ。相変わらず締まりのいいオマンコじゃないか」

おそらく、まだ半分ほどしか挿入されていないだろう。鮫島は窮屈な肉路に手応えを感じたのか、さらに粘膜を押し割って、残りの剛棒も遠慮なく埋め込んできた。

「アゥ!! 苦しい……」

美緒がステージに倒れ込むと、鮫島の巨体も逃すものかと追ってくる。

ＣＡの帽子は内側のピンで髪に留められているため、どんなに激しい動きをしても落ちることはないのだ。

鮫島は四つん這いになった美緒の乳房をムンズとつかみ、乱暴に揉みしだきながら、リズミカルに太棹を打ち込んでくる。内臓がねじ曲げられるほどの巨根を受け入れながら、美緒は白ユリ会の洗礼に身を任せるばかりだった。

貫いたまま、鮫島が剝き出しの背中をつつーっと舐め上げてきた。

「ああ……っ……はあン」

「なんだ、美緒は背中も感じるのか。綺麗な背中を唾液まみれにしてやるぜ。がはは」

嵌められた状態で、分厚い舌が背骨の脇をちろちろと舐め上げてくる。時には真っ

すぐ、そしてジグザグに……。

生温かな唾液をまぶされた肌は、空気に触れ、瞬時冷気になでられる。冷たいと思う間もなく、さらに唾液が塗り込められる。

肩口に鋭い痛みが走った。鮫島が歯を立ててきたのだ。貫かれながら噛まれることなど初めてだ。

「ああ……ダメ……アァン……」

美緒は我慢できずにかぶりを大きく振った。

2

次の瞬間、円形の舞台がゆっくりと回り始めた。

(えっ……?)

聞かされていなかった仕掛けに、美緒は射ぬかれたまま目を見開いた。音もなく回転する舞台は、余すところなく三百六十度から見られてしまう。同時に、美緒も串刺しにされた状態でキャビンの様子をありありと窺うことができた。この機はこのようなパーティーのための、白ユリ会特別専用機だったのだ。

(ああ……里沙子先輩が……)

網タイツだけにされた里沙子は、シートの背もたれに手をかけ、後ろから堂本に打ち込まれているところだった。

キュッと上がった美尻は、何という美しい曲線を描いているのだろう。ハイヒールが長い脚をさらに強調し、丸出しになった色白のヒップと紺色の網タイツとのコントラストは、薄暗い機内でも淫靡すぎるほど際立っていた。

しっとりと汗ばんだ柔乳が、腰の動きに合わせて優美に揺れている。控えめな喘ぎが高く細く響いている。

その横では大物政治家のペニスを、二人のＣＡが左右から舐めあげたり、舐めおろしたりして絶妙なコンビネーションで奉仕を続けている。政治家の両手は、あらわになった二人の乳房を比較するかのごとく、揉み揺すり、乳首をつまみ、その反応を楽しんでいる。

キャビンは異様な光景だった。

「なんだ、さっきよりも締まりがよくなったぞ。インランな女だ」

膣の入り口ギリギリまで腰を引いたペニスが、バチンという肉の衝撃音とともに、奥の奥までえぐり尽くしてくる。

「アアウ……ッ！」

「社長、私もそろそろ失礼して……」

先ほどからしきりに股間をこすっていた小杉が、辛抱ならないとでもいうように、愛想笑いを作りながらベルトを緩め始める。鮫島の許可がおりたのち、美緒の正面に立つと、ペニスを鼻先に差し出してきた。

「ほーら、咥えてみろ」

美緒以上に、見ていた客も驚きの声を上げた。一見、華奢な小杉だが、鮫島に負けず劣らずの巨根の持ち主だったのだ。血管の浮き出た逞しい茎胴と、松茸のようなカリに目を引きつけられる。

「どうだ、美緒、小杉も俺と一緒でデカいだろう？　早くしゃぶってやってくれよ」

後ろから鮫島がけしかけた。視線を上げると、小杉は細い目を潤ませてニタつき、根元を支えたペニスを、早く咥えろと唇に押し当ててくる。

美緒は力を振り絞り、幅広の亀頭をひと思いに頬張った。

「うひょう！　こんな美人に咥えてもらえるなんて」

小杉は感激した様子で甲高い声を上げた。美緒の両頬をつかみ、頬にまとわりつく艶やかなボブヘアを取り払いながら、グッと腰を押し込んだ。

涙目になった美緒を気遣う様子もなく、カリの張り詰めた太マラで喉奥をズボズボ

と犯してくる。

「ゴホッ……ウゥ……ハァァ」

「す、すごい……舌が絡みついてくる。社長、最高です！」

最初こそむせ返っていた美緒だが、時間が経つにつれ、巧みな蛇使いのように、暴れる大蛇と舌とを難なく口内で戯れさせていた。

潤沢な唾液ですべりをスムーズにし、カリの裏側のスジをこそげるように舌を往復させる。亀頭から根元までをぴっちりと咥え、口内を真空に保ちつつストロークを加速していくと、小杉は悶えながら、さらに硬く勃起を膨らませてきた。

「ウッ、ウッ……こ、これはすごいバキュームフェラだ！」

「アアウ……ンン……ズチュズチュ……ハフ……ン」

美緒の喘ぎは次第に甘さを含んだものに変わりつつあった。周囲のCAたちが思い思いに乱れている姿を目の当たりにした今、その激しさに対抗するように、美緒もメス化してよいのだと自分に言い聞かせる。

「すげえ、こっちもヌラヌラだぞ」

鮫島が息を荒げながら言った。

苦痛だった女膣があふれる蜜で護られて、今では鮫島のペニスを歓迎するかのよう

に包み込んでいる。子宮口から浅瀬まで引き抜かれるたびに、肉ヒダが激しく絡みつく。

口内で硬度を増した小杉のペニスと、後ろからグサリと突き刺さった鮫島のペニスが交互に美緒を凌辱し、激しさを増せば増すほど、美緒は満たされた喘ぎを漏らしてしまうのだ。

「おい、小杉、今度はお前が下になれ」

ひとしきり突きまくった鮫島は、勢いをつけて剛棒を抜き、小杉もそれにならった。

「さあ、下の口でも味わうんだ」

仰向けになった小杉は、まるで飢えたメス犬にフランクフルトをちらつかせるように、ペニスを握り振りかざしている。重たそうな亀頭が力強く空を切り、美緒はふらふらと這い寄った。

「どうだ、今までお前が咥えていたモノだぞ。早く欲しいだろ?」

美緒は小杉の躰にまたがり、おずおずと右手を伸ばした。唾液にまみれた太い肉茎を握り、上下にしごいてみる。

(ああ、太い……)

その刺激に応えるようにペニスがピクンと脈動した。

尿道口からは透明な汁が滲み出ている。美緒はもう待ちきれないと持ち上げた尻を、先端に押し付けて媚肉の泉にネチャネチャとこすり合わせた。肉厚の亀頭の丸みがピタリと濡れ溝に嵌まり、早く呑み込んでしまいたい衝動に駆られてしまう。

その時、回転する舞台からは梨奈の姿が見えた。ＳＭ好きな主人に首輪をされ、鎖で引かれている。四つん這いで進むたびに、引き締まった尻がくなくなと揺れ、その秘園には極太バイブが食らい込まされていた。

（ああ、利奈……！）

熱い視線を同期のＣＡに向けながら、美緒は小杉の巨根めがけて一気に腰を沈めた。

「アァッ……ウゥ」

負けじと、猛るペニスをさらに深くもっと奥へと招き入れる。

「ああ、壊れそう……」

「ウゥッ！　若いオマンコはさすがによく締まる。クウッ、たまらん」

美緒の躰をほぼ直角に貫いた小杉は、その締まりのよさに険しい表情を見せつつも、下から渾身の力で打ち上げてきた。カリ太の猛肉に粘膜をえぐられる悦びに、美緒の口許から抑えきれない快感のため息が漏れる。

「アァッ……気持ちいい……ウゥ……ン」

初めは咥え込んだ直角の角度に忠実な上下運動をしていた美緒だが、その腰の動きは次第に大胆に悩ましく変化していった。

前後、左右、そしてくねくねとグラインドさせ、しまいにはストリッパーのように膝を立てて後ろ手をつき、繋がっているところがよく見えるように陶酔しきった表情で、ユサユサと腰を振っていた。

(見て……いやらしい美緒をもっと見て)

声を出さずとも、誰もがそう叫ぶ美緒を感じただろう。周囲の血走った目が、一種独特の感情を美緒に呼び起こさせた。

「美緒……お前、最高だな！ いいぞ！」

突然、鮫島がそう叫んだかと思うと、美緒の背後ににじり寄り、結合したままの美緒を前に押し倒した。

「アウッ!!」

「小杉！ 美緒をしっかりと抱きかかえてろよ」

鮫島の巨体が背中に圧しかかると同時に、鈍い痛みが肛門周辺に走り抜けた。

粘膜を無理にこじ開けられるいやな感触と、刃物で引き裂かれる冷たい痛み。この痛みは……。

「い、痛い……クゥッ……ッ!!」

「がはは、美緒のアナルにブチ込んでやったぞ」

信じられないほど一瞬の出来事だった。鮫島の剛棒はいとも簡単にカリを突破して、美緒の内臓へとその肉茎を押し進めてきたのだ。

「いや……ッウウウ……アァッ」

「なにがいやだ、こんなにズッポリ咥え込んで」

アナルに穿たれたペニスは、ズリズリと直腸粘膜を執拗に刺激してきた。堂本と里沙子に責められた、あの全身を乗っ取られるような記憶が鮮明に思い出される。

「アア……お尻が」

あの時の得も言われぬ快感。二つの孔を塞がれ、次第に激しさを増す摩擦と律動。美緒はいつしか自分から尻を振っていた。根元まで招き入れた二本の巨根がせめぎ合うように体内で暴れまくっている。

かろうじて見開いた目で周囲を見渡すと、スカーフで後ろ手に縛られたＣＡが床に這わされ、バックから突きまくられているのが見えた。しっかりと手首に食い込んだスカーフを、主人が手綱のように引き寄せ、打ち込まれるたびに、しなやかな背中が反り返る。

少し離れた場所では、男性二人に囲まれたCAが正座をしている。やや斜め上を向き陶酔しきった美貌に、次の瞬間、二方向から勢いよく精子が発射された。白濁液を顔面で受けたCAは、さらにうっとりと瞳を細め、頬に垂れ落ちる滴を真っ赤な舌先で舐め味わっている。

そして、左右に差し出されている、脈動に震える二本のペニスを握り締め、最後の一滴さえも逃さないとでもいうように、交互に啜っている。

この光景は一体何なのだろう。わずかに保っていた美緒の理性がそう叫んでいる。だが、この空間を飾っている一人は、紛れもない自分なのだ。CAに憧れ、里沙子に憧れ、誰よりも立派なCAになりたいと切に願った自分以外の何者でもないのだ。

周囲で喘ぐCAたちに対抗するように、美緒は抑えきれない声を絞り出した。

「もっと、もっと……熱い……全身に響いてくる……ああ」

「おおっ、みるみる締まってきたぞ」

首筋にフーッと熱い息が吹きかけられる。ああ、私は穢されている。辱められている。そう思うことが、美緒の被虐の炎をいっそう燃え上がらせた。

「しゃ、社長！　こ、こっちもです……クウッ……きつい」

「こりゃあいいぞ。おい、小杉！　下からどんどん突き上げろ」

思わぬ事態に鮫島が小杉をたきつける。

「ヒ、ヒイ……アアアッ……ウゥ！　アアッ壊して！　美緒を……美緒を壊してください!!!」

美緒は一際大きな声でそう叫んでいた。

躰の奥深くで狂ったように蠢く二本の巨根を感じる。

そして、キャビン内も静まり返り、何十という視線が美緒に向けられているのを感じる。

ふらふらと這い寄ってきた里沙子が、ステージに上がり、美緒の正面に四つん這いになった。サスペンダーストッキングのみに包まれた裸身が、スポットライトに照らし出される。

先輩の熱い唇が押し当てられた。

「ああ……」

魂が震えた。驚く間もなく、柔らかく濡れた唇は、美緒の唇を囲い込むように包み、大量の甘い唾液が注ぎ込まれてくる。

（ああ……里沙子先輩……）

この時になってようやく里沙子の気持ちが理解できた気がした。

男に犯され、穢され、その耐えがたいまでに辱めを受ける姿を、観衆の前に晒される。そして、その褒美でもあるかのように憧れの里沙子に口づけを与えられる。

（もっと見て。この淫らな私たちを見て、もっともっと興奮して……）

周囲に訴えるように、美緒は細い舌を差し出した。里沙子も陶然と目を細め、それに応えてくれる。

四つん這いになった二人の舌が、宙で絡み合い、唾液のかけ橋が細く粘る糸を引いた。

「美緒……素敵よ。こんなに淫らに成長するなんて」

唇を離した里沙子は、そう妖しく微笑んだ。形よい乳房がふるふると揺れている。

「里沙子先輩……」

そう言いかけたとたん、信じられないことが起こった。

いつの間に来ていたのか、里沙子と入れ替わるように両膝をついた堂本が、いきなり肉棒を口にねじ込んできたのだ。

「ウウウッ……ウゥ」

「美緒、このままイクんだ」

高慢な顔が薄笑いを浮かべる。

美緒はなすすべもなく、三カ所を同時に塞がれたまま、ひたすら言いなりになることしかできなかった。

鮫島がアナルをこれでもかと犯してくる。三人の男たちの肉棒が、女膣を、アナルを、喉奥を猛烈に穿ってくる。

機内が揺れている。息ができない。急降下していくような錯覚に陥り、激しい耳鳴りとめまいで、まるでデコンプ（急減圧）が起こったようだ。

美緒はいつしか激しく腰を振り、懸命に舌を絡ませ吸いしゃぶった。わななく子宮から込み上げる熱いうねりが一気に噴き出すと、総身がまるで電流が突き抜けたように弓なりに大きくしなる。

苦しさと快感の入り交ざった喜悦の波がぎりぎりまで膨れ上がり、それが風船のように爆ぜた。

「美緒、お前は肉奴隷だ！　俺たちの玩具だ！」

「俺のザーメンをありがたく受け取れ!!」

「ヒイ……アウッ……ウゥ、ウウウ、ウアアウゥゥ……」

罵声と嘲笑を一身に受け、脊髄をのけ反らせた美緒は、食い締めた三本の男根を決して逃すまいと咥え込んだまま、ビクンビクンと全身を痙攣させた。快感を貪り尽く

す粘膜は肉棒を食いちぎらんばかりに締め上げ、男たちも低く深く唸った。

男たちが、ほぼ同時に精液を放った。

「ウウ……ン」

その余韻さえも十分に堪能した美緒は、その場に崩れ落ちた。

男根の抜かれた口許には唾液と白濁液が細く糸を引き、まだヒクつきの止まない二つの秘孔からは、あふれんばかりの女蜜と男液が、収縮を繰り返しながら滴り落ちている。

回り続ける舞台。二十二歳の若い肉体は、もう引き返せない場所まで到達していた。


成田を発って約八時間後、無事目的地に到着した美緒たちは、上空での狂乱などみじんも感じさせずに、花のような笑顔で乗客たちを見送っていた。

窓から見えるエメラルドに輝く海と白い砂浜は、まさに「海の宝石」にふさわしい光景だった。水平線のエメラルドグリーンから砂浜へと続くグラデーションは、ため息ものの美しさだ。

乗客たちは皆、心地よさの残る疲労感を見せながらも、「最高だったよ」「これからも頑張りなさい」と満面の笑みで降機していく。

お客様から頂くねぎらいの言葉ほど、疲れを癒してくれるものはない。温かな言葉が、心と躰に優しくしみ渡っていく気がした。

3

「そうだ、上手いぞ……噂通りの女だ」

薄明かりの灯る部屋の片隅で、美緒は行儀よく膝をついたまま、新しい主人の屹立を頬張っていた。

ここは空港からほど近い海沿いのホテルのスイートルーム。

広々とした寝室には大きな鏡が嵌め込まれ、視線を横にずらすと、純白のランジェリーをまとったまま肉棒をしゃぶり立てる、美緒の姿が映し出された。

それを時折盗み見するたびに、火照った心と躰がいっそう淫らに揺り動かされてしまう。

特別フライトから一年後、美緒は白ユリ会でも圧倒的な人気を誇るＣＡへと成長していた。元来持っていた被虐の血に、今が盛りと言わんばかりの艶やかな肉体、男を悦ばせる秘技が加わり、見事に開花したのだ。

国土交通省の副大臣である今回の主人・柿崎《かきざき》は、組織の特別な計らいで半年前から

予約を入れていたらしい。三週間契約で今日が初日である。清楚な雰囲気が好みらしく、白いランジェリーを指定してきた。

柿崎がブラジャーの隙間に手を伸ばし、美緒の乳首をキュッとつねり上げる。

「アァ……ン」

すでに尖っていた乳首がさらに硬さを増し、美緒はペニスを頬張ったまま、躰をビクつかせた。指示されるまま、ブラジャーを外す。

乳房に食い込んだ指は、荒々しさと優しさを交ぜるように愛撫を重ねてくる。美緒はそれに応えるように、細い喘ぎを漏らしながら、咥えていた肉棒をもっと深くもっと奥まで口に含んだ。

「気持ちいいんだな?」

柿崎が薄く笑う。根元まで頬張った主人の顔をうっとりと見上げ、「はい」と瞬きだけで返事をする。嘲笑とも憐憫とも受け取れるこの笑みを向けられる瞬間、美緒は息苦しくなるほど興奮してしまう。

(もっといじめて……もっと)

視線だけで哀願する。

純白のパンティは、大切な部分が尻まで割れたオープンタイプになっている。花び

らも、それを覆う繊細な翳りも、ひっそりとたたずむ菊のようなアナルまでもが、空調のよく効いた室内の冷気に晒されている。

(早く欲しいの……お願い)

美緒は舌を絡みつかせながら、この逞しい男肉に穿たれる自分を想像した。

「なんだ、もう尻を振って……。こらえ性のない女だ」

「ウウッ……ウゥ……」

柿崎の言葉を打ち消すように眉間に皺を刻みながら、美緒はさらに貪欲な舌さばきで勃起を責め立てた。早くこの硬い肉棒で女園の奥まで塞がれたい。冷気に晒されたことなど嘘のように女の器官を熱く火照らせ、躰も心さえも潤わせてほしい。

「よし、いいぞ。ベッドで四つん這いになって、これを入れてみなさい」

柿崎がバイブを手渡してくる。美緒はうっとりとした表情でベッドに這い、渡されたものを女淫にあてがった。

濡れ溝に二、三度すべらせて軽く力を込めると、それはヌプリと音をたてながら、容易に女淫奥へと沈み込む。

「しゃぶっている間、どんなことを考えていたんだ？　こいつが欲しくてたまらなかったんだろう」

「アァ……許してください」

美緒はオープンショーツに包まれた尻をさらに揺らしながら、答えをはぐらかす。そうだ、入れて欲しくてたまらなかった。女の持つ孔という孔を、全て男に塞がれたいのだ。

柿崎がリモコンのスイッチを入れると、膣奥からは「ヴィーン」という振動音が響き、待ち望んでいたように躰がビクンと波打った。美緒は右手をバイブに添え、膣上部のGスポットに押し当てながら、全身に流れていく快楽の波を一身に受け止める。

「クウゥ……ッ……もうダメです……ください……美緒のお尻にもください、ああ」

膣からの刺激が連鎖し、アナルの襞までもがヒクヒクと蠢くのが、恥ずかしいほど分かった。

「もう待てないのか、はしたない奴隷だ。こんな可愛い顔をして、躰は娼婦だな」

いたぶりの言葉に、さらに悦びの波が押し寄せてくる。

先ほどまで美緒が咥え込んでいた男根の先端が、ほぐすようにゆっくりとアナル周辺をなぞってくる。美緒はもうそこまで迫っている快楽に胸を奮わせた。

中心に狙いを定めた肉塊が、一気にめり込んできた。

「ツクゥ……アアァァゥ……ウゥ……ッ!!」

背中を反らせた美緒は、ギュッとシーツに爪を立てる。

初めての男を招き入れる瞬間は、いつも興奮の極みに包まれてしまう。初めてオークションで競り落とされたあの日から、何人の男たちと肌を重ねてきただろう。

地位も経済力も十分に兼備した男たちがこんなにも欲望をあらわにし、猛り勃つ太棹から吐き出されるオスのエキスが、内奥めがけていっせいに猛進する光景を想像すると、陶然となってしまう。今まで抱かれた男たちの顔を思い出すと、その昂ぶりはなおさらだ。

いつの間にかそういう躰になってしまった。いや、躰だけではないのかもしれない。

「ああ……気持ちイイ……」

「なんだ、いきなりアナルに入れられて、もう腰を振っているのか」

柿崎の肉棒に穿たれ、膣をバイブで塞がれ、美緒は過去の男たちに思いを馳せる。

男たちの蔑んだ瞳が、美緒の細胞までもときめかせる。何という至福の時だろう。

もう戻れない……。もう二度と……。

（もっと穢して……美緒を狂わせて）

アナルを犯しながら、柿崎はバイブのコントローラーをマックスにした。

「アアァ……アアア……いい……おかしくなる……アアッ……」

痺れるほどの振動と、窮屈感、粘膜を引き裂かれるような甘い痛みは、やがて全身をとろけさせるほどの快感へと変わっていくだろう。

(美緒……あなたは幸せね)

鏡に映し出された自分を見つめながら、美緒は貪るように腰を振り続けた。

◎本作品はフィクションであり、文中に登場する個人名や団体名その他は全て実在のものとは一切関係ありません。

二見文庫

夜間飛行《やかんひこう》

著者　蒼井凜花《あおいりんか》
発行所　株式会社 二見書房
東京都千代田区神田三崎町2-18-11
電話　03(3515)2311［営業］
03(3515)2313［編集］
振替　00170-4-2639

印刷　株式会社 堀内印刷所
製本　合資会社 村上製本所

落丁・乱丁本はお取り替えいたします。
定価は、カバーに表示してあります。

ISBN978-4-576-10108-8
https://www.futami.co.jp/

二見文庫の既刊本

愛欲の翼

AOI, Rinka
蒼井凛花

スカイアジア航空の客室乗務員・悠里は、フライト中に後輩の真奈から突然の依頼を受ける。なんと「ご主人様」に入れられたバイブを抜いて欲しいというものだった。その場はなんとか処理したものの、後日、その「ご主人様」と対面することになり……。「第二回団鬼六賞」最終候補作を大幅改訂、さらに強烈さを増した元客室乗務員《キャビンアテンダント》による衝撃の官能作品。(解説・藍川京)